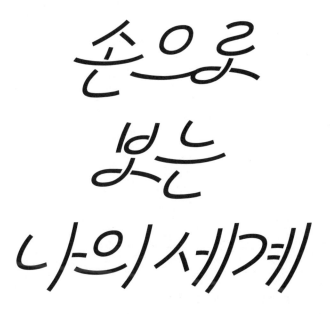

손으로 보는 나의 세계

가시자키 아카네 지음

인자 옮김

작은코
도마뱀

본문에 사용된 음악

Original title:「365日の紙飛行機」Nichino Kamihikouki
Original writer: Hiroki Aoba, Toshikazu Kadono, Yasushi Akimoto
Original publisher: Sony Music Publishing (Japan) Inc.
Sub publisher: Sony Music Publishing Korea

프롤로그

괜찮지 않은 거였어. * 8

눈도 안 보이면서 혼자서 돌아다니지 마! * 35

우리의 작은 모험 * 44

밖에 나가고 싶지 않은 병 * 63

함께 걷고 함께 달리자. * 84

흰지팡이를 들고 걷는다는 것 * 96

동백나뭇잎에 눌러 쓴 진심 * 121

후타바의 여름 * 143

만나러 가고 싶어. * 155

고리로 연결된 마음 * 183

슬픈 안내 방송 * 191

눈이 보인다는 것은 뭘까? * 208

시각 장애인 마라톤 대회 * 233

봄 그리고, * 241

에필로그

프롤로그

도쿄 R시 Z역 근처 점자 블록 위를 걷고 있던 시각 장애를 가진 어린이가 길을 걷던 사람과 부딪히면서 쓰러졌다. 어린이와 부딪힌 남성은 "눈도 안 보이면서 혼자서 돌아다니지 마!" 하고 폭언을 내뱉은 것도 모자라, 시각 장애 어린이가 가지고 있던 흰 지팡이*도 집어던져 버렸다. 경찰은 폭행과 기물 손괴 혐의로 그 남성의 행방을 쫓고 있다.

시각 장애인이 길을 걸을 때 장애물의 위치와 땅의 형태를 알기 위해 사용하는 흰색 지팡이로, 시각 장애인이 스스로 걸어갈 수 있음을 나타내는 자주성의 상징이기도 하다.

괜찮지 않은 거였어.

올해 봄부터 타스쿠는 중학교 기숙사에서 지내고 있다. 타스쿠는 매일 아침 등교할 때마다 오늘 입은 옷이 잘못된 선택은 아니었나 살피곤 했다. 건물 뒤로 들어오는 아침 햇살과 바람의 습기로 오늘 하늘은 어떤 모습일지 상상하고 날씨를 짐작해 보는 것이다.

눈꺼풀에 희미하게 느껴지는 빛의 정도로 볼 때, 오늘은 맑은 날인 것은 분명해 보였다. 다만 아직은 겨울을 붙들고 있는 것 같은 차가운 바람이 때때로 불어왔다. 타스쿠는 옷장 안에 든 두꺼운 외투를 입었어야 했나 잠깐 생각했다. 되돌아가서 가지고 와야 하나 망설였지만 등교 시간에 이미 늦었다. 어쩔 수 없이 목을 움츠리면서 운동장으로 발을 내디뎠다.

한참을 걸어가는데 갑자기 운동화 바닥에서 쓱, 하고 마른 소리가 났다. 타스쿠는 조금 놀라서 바닥에 더 주의를 기울였다. 조심조심 다음 한 발을 내디뎠다. 다행히 운동장 바닥의 조금 솟아오른 부분이 운동화 바닥에 쓸린 것뿐이었다. 특별히 위험한 것은 없는 모양이다.

타스쿠가 다니고 있는 학교는 도심에 있는 시각지원학교다. 맹인 학교라고 불렸던 때도 있었지만, 눈을 뜻하는 한자(目)에 잃다 혹은 죽음을 뜻하는 한자(亡)를 합쳐서 만든 맹盲을 사용하는 것이 옳지 않다는 이유로 요즘은 시각지원학교라고 불리고 있다.[*]

타스쿠의 학교에는 유치부, 초등부, 중등부, 고등부 외에도 음악과, 물리치료과도 따로 있다. 희망하는 모두가 입학할 수 있는 것은 초등부까지이고 중등부부터는 입학 시험이 있다. 시각지원학교는 일반 학교보다 수가 적어서 전국의 학생들이 모여들었다. 타스쿠는 초등학교 1학년부터 이 학교에 다녔다. 초등학교 때는 부모님이 차로 데려다 주시거나 통학 버스를 이용하곤 했는데, 중학생이 된 올해부터는 부모님과 떨어져서 기숙사 생활을 하게 되었다.

---

[*] 한국에서는 아직 '맹학교'로 칭하는 곳이 많으나, 점차 '시각장애학교' 등으로 명칭을 바꾸고 있다.

학교 안은 6년 동안 다니면서 익숙해져 괜찮지만, 기숙사에서 수업을 듣는 본관 앞까지 이어진 길은 솔직히 자신이 없었다. 어느 정도 앞으로 가다가 어디쯤에서 꺾으면 좋을지, 흰지팡이를 사용하지 않는 타스쿠는 손으로 더듬어 가며 대략적인 느낌으로 걸어갈 뿐이다. 오늘처럼 혼자서 등교하는 날은 자기도 모르게 운동장 구석으로 걸었다.

왼쪽 위에서 또르르링, 하는 새가 지저귀는 소리가 들려왔다. 바람에 흔들려 사락사락 나뭇잎이 스치는 소리도 들렸다. 새가 쉬어 갈 정도로 커다란 나무가 있다는 뜻이다. 이쯤에서 오른쪽으로 꺾는 게 좋겠다고 생각하면서도 타스쿠가 쉽게 발을 떼지 못하고 주저하고 있을 때 익숙한 목소리가 들려왔다.

"안녕, 타스쿠!"

학교 정문 경비실의 진나이 아저씨였다.

"안녕하세요."

가까이 다가오는 발소리와 함께 아저씨가 자주 사용하는 샴푸 냄새가 바람을 타고 왔다.

초등학교 3학년 겨울, 타스쿠가 장갑을 잃어버렸는데 진나이 아저씨가 찾아 주었다.

"혹시 너 장갑 잃어버리지 않았니? 저기서 이걸 주웠는데, 손목 안쪽에 우사미 타스쿠라고 수가 놓여 있어서, 네 이름 맞니?

아, 나는 학교에서 경비 일을 하고 있는 진나이 타모츠라고 해."

눈이 보이지 않는 타스쿠는 목소리를 들은 뒤에야 상대방의 존재를 알 수 있다. 말하지 않아도 뭔가 기척은 느낄 수 있지만 남자인지 여자인지, 어느 정도 나이 때의 사람인지, 말을 걸기 쉬운 분위기의 사람인지 아니면 그렇지 않은지는 목소리를 듣기 전까지 알 수가 없다.

진나이 아저씨가 먼저 말을 걸어 준 날, 장갑을 찾아 준 것보다도 더 기뻤던 것은 먼저 자기소개를 해 준 것이었다. 앞이 안 보이는 자신을 제대로 상대해 준다는 느낌이 들었기 때문이다.

발소리가 타스쿠 바로 옆에 멈췄다고 생각한 순간, 아저씨의 걸걸하게 쉰 목소리가 들려왔다.

"그 사건 말이야, 신문을 봐도 지금까지는 별 진전이 없는 것 같더라. 네 쪽은 어때?"

"이쪽도 별다른 연락은 없어요."

타스쿠는 아침에 일어나자마자 바로 핸드폰 문자부터 확인했지만, 후타바는 문자를 읽지도 않았고 전화를 걸어도 받지 않았다. 분명 부재중 기록이 남았을 텐데 다시 전화가 걸려오지도 않았다고 아저씨에게 전했다.

"역시 한동안은 가만히 내버려둘 수밖에 없겠네."

아저씨의 이 말도 벌써 몇 번째 듣는 건지 모르겠다.

"아, 그렇지! 너 서둘러야지. 수업에 늦겠다. 새로운 소식이 있으면 제일 먼저 너한테 알려 줄게."

아저씨는 한 발 더 가까이 다가와 콕, 하고 팔꿈치를 부딪히며 신호를 보내 왔다. 길을 안내해 주겠다는 뜻이었다. 어쩌면 혼자서 운동장을 걸어오는 타스쿠를 보고 일부러 와 준 건지도 모른다. 막상 아저씨와 함께 와 보니 본관 입구는 타스쿠가 생각했던 것보다 훨씬 더 멀리 있었다.

건물 입구에서 타스쿠가 실내화로 갈아 신고 있을 때, 수업 시작종이 울리기 시작했다.

"아…… 결국 지각이네."

신발장 아래에서부터 네 칸 위로 그리고 오른쪽에서 세 번째 칸, 거기가 타스쿠의 실내화를 넣어두는 곳이다. 별 모양 입체 스티커를 붙여서 표시해 두었다. 타스쿠는 자기 실내화 칸 바로 아래 칸으로 손을 뻗어 보들보들한 털이 붙어 있는 토끼 스티커를 찾았다. 그 칸은 초등학교 1학년부터 같은 반 친구인 후타바의 실내화 칸이다. 안쪽 깊이 손을 넣어 봤지만 손가락 끝에 만져지는 것은 오래 신어서 해어진 실내화뿐이었다. 그건 다시 말해서 아직까지 후타바가 학교에 오지 않았다는 뜻이다.

후타바가 학교에 오지 않은 건 3월부터였다. 그때 보내 온 문자에는 괜찮다고 했으면서 그 뒤에 열린 초등학교 졸업식에도,

봄방학 때 열린 오리엔테이션에도, 중학교 입학식에도 오지 않았다.* 타스쿠는 지금까지 몇 번이고 문자를 보냈다. 하지만 후타바는 아무런 답장이 없었다. 매일 학교에 오자고 서로 약속을 한 것도 아니고 타스쿠도 컨디션이 좋지 않을 때는 학교를 쉬기도 했다. 그렇지만 이런 식으로 결석이 길게 이어지고 게다가 답장 하나 제대로 받지 못하니, 이런 경우는 처음이라 당혹스러웠다.

타스쿠가 찝찝한 기분으로 실내화를 갈아 신고 계단을 올라가려고 할 때, 담임인 마츠키 선생님의 목소리가 위쪽에서 들렸다.

"아, 여기 있네. 아직까지도 등교를 안 하니까, 걱정이 되어서 찾으러 나왔잖아. 다른 애들한테 들으니까 아침은 같이 먹었다고 하던데, 무슨 일이야? 뭐 깜빡한 거라도 있었어?"

어르거나 달래는 느낌 없이 바른 목소리였다. 물론 상냥함이나 걱정스러운 느낌도 있었다. 마츠키 선생님의 목소리를 계절로 표현하자면 아직은 겨울에 더 가까운 봄날 같았다.

"잠깐 외투를 가지러 갈까 생각하다가……."

사실 중학생이 되며 새롭게 같은 반이 된 친구들과 함께 등교하고 싶지 않아서 일부러 조금 늦게 나온 것이지만, 타스쿠는 적

일본은 3월 말에 졸업식을 하고, 4월부터 새학기를 시작한다.

당한 핑계로 둘러댔다.

마츠키 선생님은 타스쿠가 있는 곳까지 내려와서 팔꿈치를 내밀며 말했다.

"같이 가자. 교실에서 다들 기다리고 있어."

그 말에 타스쿠는 바로 몇 달 전까지만 해도 자신이 공부했던, 쓸데없이 햇빛이 잘 들던 초등부 교실을 떠올렸다. 유치부 바로 옆 반이라 항상 어린아이들 소리로 시끄러웠다. 유치부와 달리 초등부는 6년 동안 타스쿠와 후타바 둘뿐이었다.

"선생님, 오늘 후타바는?"

타스쿠는 아까 신발장을 확인했으면서도 모르는 척 물었다. 뭔가 새로운 소식을 선생님은 알지도 모른다는 기대가 있었다.

"아직⋯⋯."

대답은 그게 다였다.

2층으로 올라와서 45도 왼쪽으로 꺾으면, 도서실 옆에 중등부 교실이 있다.

"자, 다들 오래 기다렸지."

마츠키 선생님이 교실 문을 밀어서 열자, 사쿠라이가 노래하는 것처럼 말했다.

"타스쿠 도-착."

아직 새로운 친구들이 익숙하지 않은 타스쿠는 몸에 철사가 들어간 것처럼 뻣뻣해져 버렸다. 마치 선배 교실에 잘못 들어온 것처럼 긴장되었다. 타스쿠가 늦어서 미안하다는 말도 못하고 머뭇거리는 사이에 반장인 마이바라의 '차렷' 하는 소리가 들렸다.

조금은 앞을 볼 수 있다는 야구치가 친근한 말투로 말했다.

"잠깐 기다려 주자. 타스쿠는 아직 자리에 앉지도 않았잖아."

히카루가 붙임성 좋은 말투로 물었다.

"이 시간까지 뭐하고 있었어? 설마 아침 드라마 끝까지 다 보고 온 거냐?"

쿠리타가 낮은 목소리로 우스갯소리를 했다.

"근데 우리는 못 본다는 거!"

"자, 조용!"

마츠키 선생님이 짝, 하고 손바닥을 친 뒤에야 교실이 조용해졌다.

올해 중학교 1학년은 모두 일곱 명이다. 남학생은 마이바라 미치오, 카바시마 히카루, 쿠리타 미기와 그리고 우사미 타스쿠. 여학생은 사쿠라이 히나코, 야구치 마나미 그리고 결석 중인 시라토리 후타바. 타스쿠와 후타바를 뺀 나머지 다섯 명은 다른 지역의 시각지원학교를 졸업하고 중학교부터 이곳에 왔다. 그런 공통점이 있어서인지 오리엔테이션 이후에, 다섯 명은 금세 친해져 서로를 편하게 불렀다. 지금은 완전 친해져서 이미 몇 년째

이 학교를 다니고 있는 타스쿠보다 더 오래 다닌 아이들처럼 활기차게 지내고 있었다. 그와 반대로 지금까지 친구라고는 후타바뿐이었다가 갑자기 여섯 배로 늘어난 타스쿠는 자연스레 기가 눌렸다. 쉬는 시간에도 다섯 종류의 목소리를 구분해 내기 바빠서 대화에 낄 수가 없었다.

타스쿠도 언제까지 머뭇거리고만 있을 수는 없다는 건 알고 있었다. 무엇보다 눈이 보이지 않는 타스쿠와 친구들에게는 확실히 목소리를 내서 자신의 존재를 상대방에게 알리는 것이 중요하고, 자신의 생각이나 상태를 말로 전달하는 것은 꼭 필요한 일이었다.

타스쿠는 책상 가장자리를 만지면서 창가 쪽 앞에서부터 두 번째 있는 자기 자리로 갔다. 매끈한 걸상 등받이를 손으로 쓰다듬으며 앉을 자리를 확인한 뒤에 천천히 앉았다. 고개를 들자 창문을 통해서 들어오는 햇살에 얼굴 옆이 따듯해졌다. 그러고 보니 교실 바로 옆에 몇 년 전 졸업생이 심었다는 비파나무가 있다고 들었다. 그렇다면 지금 얼굴에 닿는 햇빛은 그 나뭇잎 사이로 들어오는 햇살인가 보다. 타스쿠가 비파나무를 떠올리고 있을 때, 교실에서 누군가 재미있는 이야기를 한 모양인지 갑자기 와, 하고 웃음소리가 터져 나왔다. 타스쿠는 자기만 이야기에 끼지 못했다는 생각에 누구에게도 들리지 않을 작은 한숨을 내쉬었다.

똑똑! 똑똑똑!

다음 날 타스쿠는 시끄럽게 문을 두드리는 소리에 벌떡 일어났다. 잠이 덜 깬 상태로 핸드폰을 끌어당기는데 밖에서 같은 반인 히카루의 목소리가 들렸다.

"어이! 타스쿠 살아있냐?"

그 소리에 졸음이 달아났다.

당직 선생님인 것 같은 낯선 남자 어른 목소리도 들렸다.

"타스쿠, 괜찮니? 어디 아픈 거야?"

타스쿠가 서둘러서 대답했다.

"지금 일어났어요!"

이제야 안심이 된 듯, 한결 부드러운 선생님의 목소리가 돌아왔다.

"어디 아픈 건 아닌 거구나?"

"그냥 늦잠 잔 거예요."

"에이그, 걱정시키지 마! 우리 먼저 아침 먹고 있을게."

두 사람의 발소리가 멀어져 갔다.

"휴, 깜짝 놀랐네."

타스쿠는 침대에서 팔을 뻗어 커튼을 걷었다.

"지금 몇 시지?"

중얼거리면서 책상 위를 더듬었다. 가능하면 쓸데없는 물건은 책상 위에 올려 두지 말고 항상 정리정돈을 잘하라고, 기숙사에 올 때 엄마에게 귀에 딱지가 앉도록 잔소리를 들었다. 그런데도 어느 틈엔가 책상 위는 이런저런 물건들로 어질러졌다. 먹다 만 과자 봉지 때문에 정작 지금 필요한 시계는 찾을 수가 없었다.

어제 숙제할 때 쓰고 그냥 놓아둔 점필*이 탁, 소리를 내면서 바닥에 떨어진 뒤에야 겨우 시계를 찾을 수 있었다. 음성 버튼을 눌러서 시간을 확인하자, 이미 아침 점호 시간을 10분이나 넘겨 버린 뒤였다.

기숙사에서는 아침에 일어났을 때, 방과 후 자유 시간이 끝났을 때 그리고 자기 전에 아이들이 모두 기숙사에 들어왔는지 확인하는 점호 시간이 있었다. 이 정도 시간이면 두 사람이 문을 세게 두드릴 만도 했구나 싶었다.

타스쿠는 베개 옆에 둔 핸드폰을 들었다. 타스쿠의 핸드폰은 손가락이 닿은 곳을 소리로 들려주는 기능이 있어서 사용하기 편리했다. 타스쿠는 매끈한 핸드폰 화면을 몇 번 정도 손가락으로 밀어서 문자 창을 열었다. 그러자 어젯밤에 타스쿠가 후타바에게 보낸 '왜 무시하는 거야?'라는 문자가 딱딱한 기계음으로

점자를 찍을 때 사용하는 도구로, 손잡이 부분과 점을 찍는 데 쓰이는 쇠로 된 촉이 있다.

들려왔다. 후타바의 답장은 없었다.

"뭐야, 이번에도 답장 안 한 거야?"

타스쿠는 힘이 쭉 빠져 버렸다.

후타바가 길에서 낯선 사람과 부딪혀서 쓰러졌다는 이야기를 처음 들었을 때는 다친 곳은 없는지 걱정이 되었다. 그런데 후타바의 결석이 계속 이어지고, 문자도 전화도 무시당하자 슬슬 짜증이 나기 시작했다. 밤에 잠들기 전에 '내일은 학교에 올지도 몰라. 아니면 적어도 답장 정도는 와 있을 거야.' 하고 기대하면서 잠이 들었지만 그 기대는 다음 날 아침이면 늘 깨지고 말았다.

자신이 후타바를 생각하는 것만큼 후타바는 자신을 생각하지 않는 것 같아 실망스러웠다. 매일 그런 기분을 느끼다 보니, 조금씩 힘이 빠졌다. 어차피 학교에 가 봤자 새로운 친구들과도 어색하기만 했다. 한번 그런 식으로 생각하니, 씻고 옷을 갈아 입고 모두와 함께 아침밥을 먹는 일도 귀찮게 느껴졌다.

기숙사에서는 다 함께 식당에서 아침밥을 먹고 가능하면 같이 모여서 교실로 갔다. 수업을 듣고 다시 기숙사 건물의 식당으로 와 점심밥을 먹고, 특별 활동을 끝내고 돌아오는 곳도 역시 기숙사다. 저녁 식사 시간도 비슷하고 어떤 날은 돌아와서 저녁에 씻는 것도 모두와 함께일 때가 있다.

같은 반 친구가 후타바뿐이었을 때는, 빨리 중학생이 되어서 또래 남자아이와 친구가 되기를 기대하기도 했다. 그런데 지금은 그냥 혼자 있고 싶다는 생각뿐이었다.

타스쿠는 느릿느릿 옷을 입고 남들보다 많이 늦은 시간에 식당으로 향했다. 타스쿠와 같은 반인 아이들 넷이 즐겁게 이야기하는 소리가 들려왔다. 반 아이들은 마이바라 외에는 모두 기숙사에서 지낸다. 마이바라는 지하철을 이용하면 갈아타는 일 없이 한 번에 학교까지 올 수 있는 곳에 산다. 집에서 학교를 다니기 위해 일부러 가족 모두 가까운 곳으로 이사왔다고 했다.

타스쿠는 두부 부침과 우엉조림으로 밥을 반 정도 먹었다. 식판을 시계에 비유하자면 여덟 시 위치에 밥, 네 시 위치에 국, 열 시 위치에 반찬, 두 시 위치에 중심되는 반찬 그리고 중앙에 디저트를 놓았다.

타스쿠가 디저트를 먹으려는데, 오른쪽 대각선 건너편에서 사쿠라이의 목소리가 들렸다.

"타스쿠, 무슨 일 있었어?"

"무슨 말이야?"

타스쿠는 디저트 용기에 써 있는 '귤 젤리'라는 점자를 읽으면서 되물었다.

"아니, 타스쿠 요즘 계속 지각이잖아. 혹시 4월 병이 아닌가 싶어서 말이야."

"역시, 예리한데!"

사쿠라이를 치켜세우는 야구치의 목소리가 오늘 아침은 한층 더 성가시게 들린다.

쿠리타가 슬쩍 바로잡았다.

"그런데 그거 5월 병이라고 하는 거야."

타스쿠 자리에서 조금 떨어진 곳에서 히카루가 말했다.

"근데 말이야 4월이든 5월이든 상관은 없는데, 그 병이라는 게 뭐야?"

재빨리 사쿠라이가 설명했다.

"그쯤에 새학기가 시작되잖아. 5월까지는 팽팽하게 쥐고 있던 긴장이 풀리면서 기운이 빠져 버리는 걸 말하는 거야."

히카루가 물었다.

"흠, 그럼 타스쿠는 지금 추-욱 쳐져 있는 기가?"

"처져 있는 기가? 히카루는 고향이 관서 지방이야?"

야구치가 묻자, 히카루가 애매하게 대답했다.

"관서로 보면 관서고, 관서로 안 보면 또 관서가 아니야."

"어느 쪽이라는 거야!"

쿠리타의 말에 모두가 크게 웃었다. 금세 화제는 서로의 고향 이야기로 바뀌었다. 자기 동네에서는 달걀 프라이에 뭘 뿌려 먹는지로 한동안 신나게 이야기하는가 싶더니, 사쿠라이와 야구치

둘이서 다음 주로 다가온 신체 검사를 대비해서 다이어트를 해야 한다며 한참을 떠들더니, 마지막에는 다들 좋아하는 과자 이야기로 넘어갔다. 누구도 타스쿠를 신경 쓰지 않는 것 같았다. 완전히 입맛이 없어진 타스쿠는 귤 젤리를 손 안에서 굴리고만 있었다.

사쿠라이의 말대로라면 타스쿠가 축 처져 있는 사이에 오늘 아침 모임은 끝났다. 타스쿠가 정신을 차렸을 때는 반 친구들은 이미 시끌벅적하게 첫 번째 수업 준비를 하고 있었다.

마츠키 선생님이 큰 소리로 말했다.

"마이바라와 야구치는 이대로 교실에 남아서 국어 수업을 받습니다. 나머지 네 사람은 선생님과 함께 화학실로 이동할 거니까, 복도에 줄을 서 주세요."

타스쿠는 허둥대며 점필, 점판*, 점자 종이*, 교과서와 실험복이 든 주머니를 가슴 앞으로 안고, 책상 가장자리와 교실 벽을 따라 복도로 나왔다. 같은 반이지만 시간표는 조금씩 달랐다. 시력이 조금이나마 남아 있는 마이바라와 야구치는 일반 교과서

- 점자 종이를 고정할 뿐 아니라, 위에 네모난 칸이 있어 점필로 점자를 찍을 때 편리하도록 도와주는 도구이다.
- 일반 종이에 점자를 찍으면 종이가 찢어지기 쉬워, 그보다는 두꺼운 점자용 종이를 사용한다.

를 확대한 책을 사용해서 공부하고 전혀 보이지 않는 타스쿠와 나머지 친구들은 점자 교과서를 사용했다. 각자 수업 진도도 조금씩 달라서 과목에 따라서 따로 수업을 받는 경우도 있었다. 과학 실험 수업도 그중에 하나다.

선생님이 제일 앞에 서고 그 뒤에 아이들이 두 줄로 나누어 따라갔다. 한쪽 손을 앞 사람의 어깨나 등에 올리고 모두 함께 복도를 걸었다. 학교 건물 안에서는 흰지팡이를 사용하지 않는다. 복도나 계단에는 실내화 바닥으로도 충분히 울퉁불퉁한 굴곡을 느낄 수 있는 점자 블록이 깔려 있어서 서로 우측 통행만 잘 지키면 안전하게 다닐 수 있었다. 자기도 모르게 길을 잃었을 때는 각 교실 문에 '1학년 1반'이나 '도서실' 등 점자 안내판이 붙어 있어서 그것을 확인하면 된다. 거기다 촉지도가 학교 여기저기에 있었다. 촉지도는 눈이 보이지 않는 사람들이 손으로 만져 보고 그 공간을 인식할 수 있도록 울퉁불퉁하게 표시된 지도를 말한다.

선생님은 3층에 있는 화학실을 향해서 천천히 계단을 올라가면서, 선생님과 같이 이동하는 것은 오늘이 마지막이라고 다시 한번 말했다.

"그러니까 아무 생각 없이 그저 선생님 뒤를 따라오면 안 되요. 지금 자기가 어디쯤에 있고 지금부터 어느 쪽으로 가면 되는지, 제대로 머릿속으로 그려 가며 걷는 겁니다."

히카루가 우는 소리를 냈다.

"너무해요! 여기가 화학실인지, 생물실인지, 미술실인지, 어떻게 다 기억하냐고요."

지금 히카루가 말한 곳 외에도 음악실, 기술실, 조리실, 재봉실, 도서실, 시청각실, 자립지원실과 체육관 그리고 보건실, 교무실, 화장실과 비상구 위치도 외워야 했다. 거기다 기숙사 건물도 있다.

"나는 아직 교실이랑 화장실밖에 못 외웠다고요."

사쿠라이가 슬픈 영화 주인공 같은 말투로 말하자, 재빨리 옆에서 쿠리타가 한마디 했다.

"그래도 교실 바로 옆에 도서실은 외웠잖아."

그런 쿠리타는 무시하고 사쿠라이가 구시렁거렸다.

"타스쿠는 좋겠다."

그런 소리를 들을 줄은 몰랐던 타스쿠는 사쿠라이에게 되물었다.

"왜?"

"그야 초등학교 때부터 이 학교를 다니고 있잖아. 그러니까 잘 알 거 아니야."

"그렇구나! 그럼 항상 타스쿠랑 같이 있으면 되겠다!"

히카루가 좋은 아이디어라도 생각해 낸 것처럼 큰 소리로 말하자, 쿠리타도 신이 나서 타스쿠의 어깨를 톡톡 두드리며 말했다.

"자, 타스쿠 앞으로 잘 부탁해."

선생님이 진지한 목소리로 말했다.

"안 돼. 자기 스스로 제대로 외워야 해요. 외우지 못하는 사람은 자립 활동 시간에 보행 지도 선생님에게 따로 물어보아도 좋아요."

자립 활동 시간에는 요리, 바느질, 식사 예절 등 각 분야의 전문 선생님이 수업을 했다. 이 학교에는 태어날 때부터 눈이 보이지 않는 학생들만 있는 것이 아니기 때문에 경우에 따라서는 점자를 읽고 쓰는 방법도 가르쳐 주었다. 하지만 역시 제일 중요한 수업은 흰지팡이를 사용해 혼자 길을 걷는 연습이다.

예전에 다니던 초등학교에서 이미 흰지팡이 연습을 했던 사쿠라이는 행복한 목소리로 말했다.

"나는 학교보다는 편의점까지 가는 길을 배우고 싶어. 얼른 과자 사러 가고 싶다고."

그걸 듣고 히카루도 과자를 사러 가고 싶다고 난리였다.

쿠리타도 웬일로 차분한 말투로 말했다.

"나는 지하철을 타고 멀리 가 보고 싶어. 덜컹거리는 느낌을 좋아하거든."

어쩌면 이미 쿠리타도 기본적인 흰지팡이 사용법은 알고 있을

지도 모른다. 점자를 읽고 쓰는 것과 마찬가지로 흰지팡이를 얼마나 사용하는지도 개인차나 지역차가 컸다.

"그러고 보니 후타바도 초등학생 때부터 이 학교 다녔다고 하지 않았어?"

갑자기 사쿠라이 입에서 후타바 이름이 나와서 타스쿠는 깜짝 놀랐다.

히카루가 물었다.

"후타바? 아, 그 계속 결석하고 있는 애? 걔도 이 학교는 잘 알겠다."

쿠리타가 연이어 물었다.

"그런데 그 애는 왜 결석하고 있는 거예요? 등교 거부?"

"음…… 학교에 오기 싫은 건 아닌 거 같아."

마츠키 선생님은 짧게 대답했다.

사쿠라이가 타스쿠에게 물었다.

"타스쿠는 걔랑 초등학교 때부터 같은 반 아니야? 왜 결석하는지 몰라?"

다른 지역에서 온 아이들은 그 사건 자체를 모를 수도 있다. 그렇게 생각하면서도 타스쿠는 쌀쌀맞게 모른다고 짧게 대답하고 말았다.

지난번 화학 수업에서는 화학실이 어떤 구조로 되어 있는지 설명을 듣고, 앞으로 자신이 앉을 실험대 자리를 정했다. 같은 시각 장애인이라고 해도, 빛을 어느 정도 느낄 수 있는 사람도 있고 전혀 느끼지 못하는 사람도 있다. 빛을 유달리 눈부시게 느끼는 사람이 있는가 하면, 꽤 괜찮다고 느끼는 사람도 있어서 자리를 정하는 일은 몹시 중요했다.

두 번째 수업인 오늘은 앞으로 실험을 하는 데 필요한 성냥불 켜는 연습을 하기로 했다. 성냥을 켜고 나면 가스버너를 혼자 켜고 끄는 연습도 한다고 했다. 마츠키 선생님은 미리 준비해 둔 물이 든 유리병을 설명하며 학생들에게 물었다.

"이게 무엇을 위한 건지 알겠어요?"

"불이 붙은 성냥을 버리기 위해서입니다."

제일 먼저 대답한 것은 사쿠라이였다.

"선생님은 물이 들어 있다고 하셨지만, 사실은 독이 든 거 아니야?"

"근데 이거 딸기잼 병 아니야?"

쿠리타와 히카루가 쓸데없는 소리를 하며 떠들었다.

타스쿠도 병을 만져 보고 바로 불을 처리하기 위한 것이라고 짐작했고, 뭔가 전에 만져 본 적 있다는 것도 알았다. 그렇지만 친구들 앞에서 소리내어 말하는 건 역시 어려웠다.

"사쿠라이 정답이에요."

선생님은 성냥이 든 작은 상자를 나눠 주었다. 병 입구에 손가락의 어느 부분을 어떤 각도로 가져가야 정확하게 물병에 성냥을 넣을 수 있을지, 몸이 기억할 때까지 불이 붙지 않은 성냥으로 계속해서 연습하라고 했다.

성냥 상자를 처음 만져 보는 타스쿠는 상자를 뒤집어도 보고 흔들어도 보면서 선생님 이야기를 듣고 있었다. 모두 마찬가지인지 화학실 안 여기저기에서 무언가 흔들리는 타악기 소리가 났다. 모두가 성냥을 병에 넣을 수 있게 되자, 선생님은 실험대 끝에 한 사람 앞에 하나씩 도구 상자가 준비되어 있다고 설명해 주었다.

"도구 상자 안에 든 판을 꺼내서, 자기 바로 앞에 붙여 주세요. 사포처럼 까칠까칠하지 않은 쪽을 실험대에 붙이는 거예요."

오른손을 뻗어서 확인해 보니, 성냥 상자 옆에 붙어 있는 작은 갈색 착화면을 문지르는 것보다는 확실히 편하게 불을 붙일 수 있을 것 같았다. 그러고 있는데 선생님이 타스쿠 옆에 다가와 주의를 주었다.

"타스쿠, 양손을 다 사용해서 살펴보자."

"양손으로요?"

타스쿠는 마지못해 무릎 위에 올려두고만 있던 왼손을 앞으로 뻗었다. 잠깐 만져 보는 것뿐이라 한 손으로도 충분한데 귀찮았다. 선생님의 발소리가 멀어지자, 타스쿠는 바로 왼손을 원래 있는 자리로 돌려놓았다.

복도 쪽에 앉은 쿠리타와 히카루부터 성냥불을 붙여 보기로 했다.

겁먹은 듯 히카루가 찡찡거렸다.

"정말로, 정말 불 붙이는 거예요? 나 아직 마음에 준비가……."

의외로 사쿠라이는 신이 나서 들뜬 목소리로 말했다.

"두근거린다!"

타스쿠는 사실 히카루와 같은 마음이었다. 집에서는 인덕션을 사용하고 있어서, 성냥 같은 건 만져 본 적도 없었다. 게다가 불은 위험하다고 엄마가 늘 말하기도 했다.

"사쿠라이랑 타스쿠는 귀를 기울여서 잘 들어 보세요."

선생님의 말에 갑자기 주변이 쥐 죽은 듯이 조용해졌다. 멀리서 누군가 복도를 걸어가는 소리가 들려왔다. 실내화가 아닌 슬리퍼 소리인걸 보니 외부인일까, 발걸음이 가볍고 망설임이 없는 것으로 보아 학교 내부를 잘 아는 사람일지도 모르겠다고 타스쿠는 생각했다. 창문 밖에서는 고속도로를 달리는 대형 트럭 짐칸에서 무언가 박자에 맞춰서 흔들리는 소리가 들렸다.

그때 갑자기 타스쿠의 귀에 슉, 하고 낯선 소리가 날아들었다.

작은 소리 몇 가지가 한 묶음이 된 듯한 짧지만 섬세한 소리였다.

"무슨 소리지?"

멍하니 중얼거린 것은 사쿠라이였다.

"불꽃놀이 같은 냄새가 난다."

자기도 모르게 타스쿠가 소리를 내어 말했다.

잠시 뒤에 다시 슉, 하는 소리가 들렸다. 아마도 성냥에 불을 붙일 때 나는 소리 같았다.

선생님이 성냥을 병에 버리라고 말하자, 이번에는 쇽, 하는 탁한 느낌의 소리 두 개가 연달아서 들려왔다.

"처음 들렸던 소리는 엄청 예쁜 소리였다, 그치?"

붕 뜬 것 같은 목소리로 사쿠라이가 말했다.

"냄새가 뭔가 불꽃놀이할 때 냄새 같았지?"

들떠 있었던 탓인지 타스쿠도 쓸데없는 말을 망설이지 않고 소리 내어 말할 수 있었다.

"처음에는 불꽃놀이 냄새였고, 마지막에는……."

"연기 냄새!"

"그래, 맞아! 코 안쪽이 꾸-익 눌린 것 같은 느낌이 났어."

사쿠라이가 개구리 같은 소리를 내는 바람에 타스쿠는 자기도 모르게 웃었다.

이번엔 타스쿠와 사쿠라이가 성냥에 불을 붙였다. 몇 번이고 불을 붙여 보고 알게 된 것은 힘차게 문지르면 문지를수록 슉, 하는 소리는 선명하고 아주 맑아진다는 것이다. 그 소리에 가려졌던 풋, 하고 작게 울리는 소리가 난다는 것도 알게 되었다. 타스쿠는 어쩌면 화약 종류에 따라서 서로 다른 소리를 내는 건지도 모르겠다고 생각했다. 일상생활에서는 들을 일이 없는 소리를 잘 기억해 두려고 노력하면서, 계속해서 성냥에 불을 붙여서 물이 담긴 병 안에 버렸다.

어느새 두려움은 사라지고 유쾌한 기분이 되었다. 귀에 익숙하지 않은 불이 붙는 소리도, 코를 찌르는 냄새도, 손가락 끝으로 아주 조금씩 전해지는 불꽃의 따뜻함까지도 신선하고 매력적이었다.

그러고 있으니, 초등학교 때 후타바와 나눈 이야기가 생각났다. 어느 날, 후타바가 갑자기 물었다.

"타스쿠는 뭔가를 눈으로 본 적이 있지?"

타스쿠는 다섯 살 때 병에 걸린 뒤로 눈이 보이지 않게 되었다. 그전까지는 자기 눈으로 세상을 볼 수 있었다. 후타바가 뭔가를 본 적이 한 번도 없다는 건 어느 정도 예상했지만 그렇게 물어서 조금 놀랐다.

"눈이 보인다는 건 어떤 느낌이야?"

후타바의 연이은 질문에 타스쿠는 정말 열심히 생각했다. 그리고 조심히 대답했다.

"만져 보지 않아도 모양을 알 수 있어. 토끼 인형을 만져 보지 않아도 그게 토끼 모양을 하고 보들보들한 천으로 된 인형이라는 걸 분명하게 알 수가 있는 거야."

타스쿠는 후타바가 책가방에 달고 다니는 토끼 인형을 예로 들어서 설명했다.

"만져 보지 않아도 알 수 있다니 신기하다."

후타바는 조용히 중얼거리더니, 다시 평소의 힘찬 목소리로 말했다.

"근데 말이야, 나도 별이 가득한 밤하늘이나 노을이 뭔지 알아."

타스쿠는 말뜻을 이해하기 어려웠다.

"뭐라고?"

"별이 가득한 밤하늘이나 노을은 만질 수 없잖아? 근데 말이야, 만지지 않아도 나는 분명하게 알 수 있어."

도대체 어떤 식으로 알 수 있다는 건지 모르겠지만, 그래도 '이 세계의 선배'로서 타스쿠보다는 여러 가지로 아는 게 많은 후타바라면 정말로 무언가 알 수 있을지도 모른다고 생각했다. 지금 후타바가 여기 있다면 성냥불도 잘 알지 모른다. 성냥불만이 아니라, 후타바라면 보지 않아도 알 수 있는 것이 그 밖에도 많을 거라는 생각이 들었다.

"타스쿠!"

마츠키 선생님의 비명 같은 목소리가 귀에 날아와 박힌 것은, 타스쿠가 별이 가득한 밤하늘도, 노을도, 화학 수업도 없는 집 안에 혼자 가만히 있는 후타바를 생각하고 있을 때였다. 타스쿠가 정신을 차렸을 때는 이미 타스쿠의 집게손가락 끝이 찌릿하고 뜨거웠다. 무심결에 성냥을 대충 들고 있었던 모양이다.

"으앗!"

선생님의 발소리가 굉장히 급한 느낌으로 이쪽으로 다가오고 있다고 생각한 순간, 타스쿠는 오른팔을 붙잡힌 채 싱크대 쪽으로 잡아당겨졌다. 강하게 쏟아지는 차가운 물이 손에 닿았다.

"무슨 일이야, 타스쿠?"

"데었어?"

"괜찮아?"

걱정하는 아이들 목소리에 타스쿠는 얼른 대답했다.

"괜찮아."

사실은 손가락이 제법 아팠다. 그래도 그렇게 말해 버리면 다른 친구들이 불을 무서워하게 되는 건 아닐까 조심스러웠다. 게다가 자기 실수로 아이들의 주목을 받는 게 마음이 불편했다. 그 순간, 지금과 비슷한 괜찮다는 말을 어디서 들었다는 걸 깨달았다. 분명 최근에 누군가에게 들었던 것 같은데……

 "앗!"

 후타바가 보낸 답장에서 보았다. 타스쿠의 걱정에 후타바는 괜찮다고 했다. 그 생각이 들자, 머리를 세게 얻어맞은 것 같은 충격을 받았다.

 '그래, 후타바는 괜찮지 않은 거였어.'

 타스쿠는 막 덴 손가락보다 마음이 더욱 아팠다.

눈도 안 보이면서
혼자서 돌아다니지 마!

"졸업식 날 담임 선생님 선물 뭐가 좋을까?"

후타바가 타스쿠에게 그렇게 물어본 것은 3월이 시작될 즈음이었다. 주말에 텔레비전에서 화이트데이 선물 특집을 봤던 것이 계기였다. 모두 멋있는 것뿐이라 후타바는 상상하는 것만으로 가슴이 두근거렸다. 한껏 기대하며 물어봤는데, 타스쿠는 '편지 하나면 충분하지.'라고 간단하게 말해 버렸다. 역시 타스쿠는 전혀 이해를 못 하는구나 싶었다.

후타바는 엄마한테 다시 물어보았다.

"후타바가 선택한 거라면 엄마는 뭐든 찬성이야. 이번 주말에 보러 갈까?"

엄마는 언제나 스스로 결정하고 스스로 행동하는 것이 무엇보다 중요하다고 말했다. 자신에 대해서는 자기 자신이 제일 잘 알고, 다른 사람이 하라는 대로 해서 실패하는 것보다는 자기 스스로 결정해서 실패하는 편이 기분도 좋다고 했다.

근데 이번 주말이라면, 졸업식 선물을 사기에는 너무 일렀다. 후타바의 엄마는 직업상 외국 사람과 함께 일하는 편이 많아서 날짜나 요일을 착각하는 경우가 종종 있었다. 엄마가 또 착각했구나 싶었는데, 이번에는 아니었다.

"미리 봐 두면 몇 번 정도는 더 둘러볼 수 있을 거 아니야."

후타바도 그게 좋았다. 그리고 쇼핑하러 가는 김에 운동화를 새로 사야겠다고 생각했다. 새 운동화를 신고 새로운 중학교 생활을 시작하고 싶었다. 그리고 손수건도 사고, 선생님께는 꽃다발을 선물할까 했다. 꽃도 사고 운동화랑 손수건도 살 수 있는 곳이라면, 역시 역 앞에 백화점이 좋을 것 같았다. 당장 핸드폰으로 날씨를 확인해 보니, 토요일이 맑고 일요일은 아침부터 비가 온다고 되어 있었다. 비 오는 날이 싫지는 않지만, 빗방울이 우산이나 비옷에 부딪히는 소리가 귀에 거슬렸다. 차 소리나 제일 사랑하는 엄마 목소리가 잘 들리지 않기 때문이다. 그래서 후타바는 토요일에 외출하기로 했다.

토요일, 엄마의 설명을 들으면서 벚꽃 꽃잎과 같은 색이라는 운동화와 촉감이 좋은 타월 소재의 손수건을 샀다. 두 가지 모두 후타바가 손으로 만져 보고, 직접 신어 보고, 머릿속으로 이미지를 떠올리며 스스로 골랐다.

마지막으로 꽃집에 갔다. 엄마는 꽃집이 굉장히 멋있다고 후타바에게 설명해 주었다.

"이런 가게라면 분명히 멋있는 꽃다발을 만들어 주실 거 같아."

정원 가꾸기가 취미인 할아버지에게 들어서 꽃이 얼마나 다양한지는 알고 있었다. 할아버지 정원에는 다양한 식물과 분재 화분이 있어서 후타바는 그곳에 있는 것들을 모두 만지고 냄새도 맡아 봤다.

꽃 가게 언니가 어떤 꽃을 좋아하냐고 물어서, 후타바는 망설임 없이 코스모스와 해바라기라고 대답했다. 꽃점을 칠 때, 꽃잎이 하나씩 잘 떨어지는 부분이 좋았다. 제대로 답을 낼 수 없어서 이러지도 저러지도 못하고 있을 때, 꽃점을 치곤 했다. 꽃잎을 하나씩 떼며 답이 나왔는 줄 알았다가 손가락 끝에 아직 남은 꽃잎이 만져지면 기분이 좋아졌다. 꽃 가게 언니가 추천해 준 것은 거베라라는 처음 듣는 이름의 꽃이었다. 직접 만져 보니 코스모스랑 비슷한 느낌이면서도 줄기가 조금 더 두껍고 꽃잎은 가늘고 두꺼운 편이었다. 꽃 중앙에는 나중에 씨가 될 부분의 면적도 컸다. 후타바는 냄새를 맡아 보았다.

"안타깝지만 화려한 향이 나지는 않아요."

꽃 가게 언니가 말한 대로 좋은 냄새가 난다고 할 수는 없지만, 후타바는 역시 꽃잎이 많은 것이 좋았다. 색이 서로 다른 거베라 몇 송이와 은방울꽃 그리고 안개꽃으로 꽃다발을 만들어 달라고 주문했다. 졸업식 전날, 엄마가 퇴근길에 들러 찾아오기로 했다. 계산을 하고 백화점을 나오면서, 기왕 나온 김에 차라도 마시고 들어가자고 엄마가 말했다.

"좋아요!"

후타바가 케이크나 파르페를 떠올리면서 설레고 있는데, 옆에서 엄마가 '앗!' 하고 소리쳤다.

"핸드폰을 꽃집에 두고 온 거 같아. 잠깐만 기다려 줄래? 흰지팡이 가지고 있지?"

엄마는 후타바를 우체통 옆까지 데려다주고는, 금방 돌아오겠다며 백화점으로 되돌아갔다.

어릴 때부터 '자기 일은 자기 스스로'라는 말을 들으면서 자란 후타바는, 집 근처 편의점이나 슈퍼마켓이라면 혼자서 심부름도 갈 수 있고, 가까운 곳은 버스나 지하철도 탈 수 있었다. 그러니까 잠깐 기다리는 것 정도는 아무것도 아니었다. 그렇지만 똑바로 서 있는 것은 후타바가 제일 힘들어하는 부분이다. 흰지팡이를 가지고 있다고 해도, 몸의 중심이 자꾸 흔들리고 발을 제대로 디디고 서 있기 힘들었다. 엄마도 그런 걸 알고 있어서 후타바가 기대고 서 있을 수 있는 우체통까지 데려다주고 간 거였다.

"오려면 아직 멀었나."

후타바는 지나가는 사람들의 목소리를 들으며 어떤 사람일까 상상하면서 기다렸다. 그러다 금세 그것도 지겨워졌다. 따뜻한 날씨 탓인지 기분이 자꾸만 들떴다.

'멀리까지 가지 않는다면 괜찮겠지? 조금만 걷고 얼른 되돌아오면 분명 괜찮을 거야.'

후타바는 흰지팡이를 쥐고 점자 블록을 조금 걷기로 했다. 그런데 겨우 몇 미터 걸었을까, 후타바는 무언가에 부딪혀 엉덩방아를 찧으며 넘어졌다. 부딪힌 충격에다 엉덩이도 아파서 좀처럼 일어날 수 없었다.

그때 쳇, 하고 혀 차는 소리가 들렸다. 눈앞에 그림자가 움직이는 것 같더니 누군가 순식간에 후타바가 손에 쥐고 있던 흰지팡이를 휙 채 갔다.

"눈도 안 보이면서 혼자서 돌아다니지 마!"

그 사람은 후타바에게 소리치고는 흰지팡이도 집어던지고 가버렸다. 후타바는 허둥지둥 손을 더듬어 흰지팡이를 찾으려 했다. 그때 웬 여자 목소리가 다가왔다.

"괜찮아? 다친 곳은 없어?"

"……."

후타바는 목소리가 들려온 쪽으로 고개는 돌렸지만 무슨 이유인지 대답이 나오지 않았다. 처음에는 넘어진 충격으로 놀랐을 뿐이라고 생각했다. 그런데 엄마가 돌아온 뒤로도 후타바는 평소처럼 이야기할 수가 없었다.

얼마 지나지 않아 경찰관이 와서 이것저것 물어 보았다. 길에 있던 사람들이 무슨 일이 있었는지 후타바를 대신해서 경찰에게 설명했다.

"보면서 위험하겠다고 생각했는데, 아니나 다를까 부딪치더라고."

"스몸비라고 하던가? 왜 핸드폰만 보면서 다니는 사람들 있잖아요. 그 남자 정신없이 핸드폰만 보면서 걷더라고요. 그래서 저 애가 지나가는 걸 못 본 것 같아요."

"네, 점자 블록 위였어요. 정면으로 둘이 부딪친 거예요."

"30대 남자로 보이던데, 저 애 지팡이를 휙 집어던지더니 역쪽으로 가 버리더라고."

후타바는 엄마 팔을 꼭 끌어안고 서 있으면서 다리가 계속 떨리는 걸 애써 숨기려고 했다.

월요일 아침이 되었는데도 후타바는 엉덩이가 계속 아팠다. 게다가 그날 일을 떠올릴 때마다 심장이 두근두근거려서 더 힘들었다. 어기적어기적 걸어서 부엌으로 나가자, 엄마가 물었다.

"오늘 학교 어떻게 할래?"

"쉬어도 돼? 아직 엉덩이가 아파서 평소처럼 의자에 오래 앉아 있을 수 없을 것 같아."

"알겠어. 선생님께는 엄마가 전화할게."

엉덩이 통증을 핑계로 그날 후타바는 학교를 쉬기로 했다. 언제나처럼 엄마는 회사에 가고 집에는 후타바 혼자 남게 되었다. 때때로 주택가를 오가는 차 소리가 어렴풋이 들릴 뿐, 집 안은 조용했다. 평소 같으면 12시가 되기 전부터 울리기 시작했을 배꼽시계도 웬일로 조용했다. 일어서거나 앉거나 체중을 옮기려고 할 때마다 엉덩이가 욱신거리고 아팠다. 그래서 후타바는 침대에 누워만 있었다. 엉덩이만 조금 아픈 것뿐인데 언제까지 학교를 쉴 수는 없다고 생각은 했지만 며칠이 지나도 도저히 학교에 갈 수가 없었다. 언제나 후타바의 뜻을 존중해 주는 엄마도 억지로 등교시킬 생각은 없는 것 같았다.

시간이 지나도 학교에 오지 않는 후타바를 걱정해서 같은 반 친구인 타스쿠가 몇 번이고 안부를 묻는 문자를 보내왔다. 전화를 받지 않자 음성 메시지도 남겨 놓았다. 예전의 후타바라면 금세 답장을 했을 것이다. 신경 써 줘서 기쁘다고 고맙다고 답장을 보냈을 것이다. 그런데 무엇 때문인지 지금은 그런 기분이 들지 않았다. 굳이 말하자면 걱정해 주는 타스쿠가 귀찮았다. 후타바는 타스쿠에게 '이제 괜찮아.'라는 간단한 답장을 보내고 그것을 끝으로 핸드폰 전원을 아예 꺼 버렸다.

뭉그적거리며 시간을 보내는 사이에 그렇게 기대했던 초등학교 졸업식이 끝났다. 그날 주문했던 꽃다발은 엄마가 받아와 둘로 나눠서 거실과 후타바의 방에 장식했다. 그 꽃이 다 마를 때쯤에는 새로운 반 친구들 그리고 중학교 선생님들과 1박2일 오리엔테이션을 할 예정이었다. 그 뒤엔 기숙사에 들어가 엄마와 떨어져서 새로운 생활이 시작된다.

중학생이 되면 같은 반 친구가 많아질 거라고, 후타바는 내심 기대하고 있었다. 타스쿠는 흥미 없어 하는 연예인 이야기나 드라마 이야기 그리고 언젠가는 연애 이야기도 하고 싶었다. 기숙사 방에 뭘 가지고 갈지 몰래 생각하며 설레기도 했다. 그런데 요즘 후타바는 엄마가 출근하면 곧장 침대로만 갔다. 몇 시간 뒤에 엄마가 올까만 생각하며 누워 있었다. 이래저래 계속 커튼도 걷지 않았다.

사실 후타바는 엉덩이가 아픈 것보다 마음에 걸리는 게 따로 있었다.

"눈이 보이지 않으면 혼자서 밖을 돌아다니면 안 되는 걸까?"

그날도 침대에 누워서 후타바는 가만히 중얼거렸다. 태어났을 때부터 눈이 보이지 않았던 후타바에게 보이지 않는 것은 너무나 당연한 일이었다. 그래도 자기 일은 최대한 스스로 하기 위해 초등학교에 들어가면서부터 시에서 운영하는 복지 서비스로 보행 훈련사와 흰지팡이를 사용하는 법을 배웠다. 그 뒤로는 혼자서 집 근처 편의점에 가거나 버스도 탈 수 있게 되었다.

'지금까지 내가 틀린 건가? 사실은 나는 혼자서 밖을 돌아다니면 안 되는 거였나? 이대로 계속 집에 틀어박혀 있는 게 맞는 거 아냐?'

그런 생각이 들면 자꾸 눈물이 흘렀다. 후타바는 예전처럼 밖에 나가고 싶었다. 그런데 지금은 도저히 혼자서 돌아다닐 용기가 나질 않았다. 그 사건을 계기로 자기 혼자서는 아무것도 할 수 없는 아기로 돌아가 버린 것 같아서 슬퍼졌다.

우리의 작은 모험

후타바는 괜찮은 게 아니었다. 타스쿠는 보건실에서 화상 치료를 받으며 계속해서 그 생각만 했다. 교실에 돌아와서도 그 생각이 떠나지 않았다.

'후타바는 괜찮지 않아. 그래, 후타바는 괜찮지 않은 거야. 그래서? 뭘 어떻게?'

다음으로 생각이 이어지지 않았다. 괜찮지 않은 후타바에게 무엇을 해 줄 수 있을지 알 수 없었다.

"차렷!"

드르륵.

"경례."

"선생님, 안녕히 계세요."

"네, 여러분도 안녕."

종례 시간이 끝나고, 뒷자리에 있던 히카루가 타스쿠의 등에 가만히 손을 가져다 대며 불렀다.

"타스쿠? 자리에 있었네."

그 소리를 들은 사쿠라이가 대화에 끼어들었다.

"목소리가 안 들리면 자리에 있는지 없는지 알 수가 없다니까."

쿠리타가 물었다.

"그래서 타스쿠는 자리에 있는 거야?"

"있어!"

히카루가 씩씩하게 대답하자 교실 여기저기에서 웃음소리가 들렸다.

보건 선생님은 가벼운 화상이라 걱정하지 않아도 된다고 했다. 그런데 히카루는 타스쿠가 손을 다친 것 때문에 우울해하고 있을 거라고 생각한 모양이다. 히카루는 타스쿠의 등을 탁 치며 말했다.

"손 좀 덴 것 가지고 처져 있지 마!"

착각하고 있던 것은 히카루만이 아닌 모양이다.

야구치도 타스쿠에게 물었다.

"나 파스랑 반창고 꽤 많이 가지고 있어. 기숙사 가서 나눠 줄까?"

마이바라는 일부러 타스쿠의 자리까지 와서 인사해 주고 교실을 나갔다.

"그럼, 타스쿠 몸조리 잘하고 내일 보자."

"어쩔 수 없구만, 오늘은 특별 활동을 쉬도록 허락해 주지!"

타스쿠와 같은 플로어 배구부*에 소속되어 있는 쿠리타가 일부러 높은 사람인 것처럼 장난스럽게 말했다.

"그러네, 화상 입은 손으로 배구를 하는 건 힘들 거야."

마츠키 선생님도 교실에 남아서 타스쿠와 친구들의 모습을 보고 있었던 모양인지, 오늘 특별 활동은 쉬는 편이 좋겠다며 특별 활동 담당 선생님에게 말을 전해 주겠다고 했다.

어쩌다 보니 손을 다친 것 때문에 속상해하고 있던 것이 아니라고 말하기 곤란해져서 타스쿠는 그냥 특별 활동을 쉬기로 했다.

평소보다 빨리 돌아온 기숙사 안은 예상외로 소란스러웠다. 정문을 들어와 중앙 로비를 곧장 걸어가면 나오는 기숙사 식당

시각 장애인과 눈이 보이는 사람이 함께 배구를 즐길 수 있도록 만들어진 경기로, 공에 구슬을 넣어 그 소리로 공의 위치를 파악할 수 있도록 했다. 일반 배구와 달리 네트 아래로 공을 주고받는다.

에서 튀김 냄새가 풍겨왔다. 기름 튀는 소리와 조리 기구가 부딪히는 소리에 뒤섞여서 조리사분들의 웃음소리도 들렸다. 타스쿠는 기숙사에 들어오면 입구에 있는 접수처를 향해 꼭 들어왔다고 알렸다.

"중등부 1학년 타스쿠입니다. 지금 돌아왔습니다."

"그래, 어서 와요!"

늘 밝은 목소리가 맞아 주었다.

타스쿠는 해변에 밀려오는 파도처럼 커지고 작아지기를 반복하는 두서없는 생활 소음을 들으면서 접수처 왼쪽에 있는 계단을 올라갔다. 기숙사 건물은 남학생과 여학생이 사용하는 공간이 좌우로 나뉘어 있고, 둘이 만나는 중앙에 접수처나 식당, 휴게실 등이 있었다.

타스쿠는 방에 들어가자마자 후타바에게 답장이 와 있지는 않은지 핸드폰부터 확인했다.

"안 왔네."

타스쿠는 한숨 섞인 혼잣말을 중얼거리며 침대에 앉아 유튜브를 열었다. 핸드폰은 다른 사람들이 사용하는 것과 똑같지만 음성 기능을 설정해 놓아서, 화면을 만질 때마다 지금 무엇을 만지고 있는지 소리로 알려 주었다. 그런데 오늘은 늘 사용하는 손가락에 반창고를 감고 있어서 화면에 손가락을 대 보아도 바로 반응하지 않았다. 몇 번이고 화면에 손가락을 밀어 보고 끈기 있게 반복해서 간신히 원하는 채널을 들을 수 있었다. 타스쿠가 구독하고 있는 채널은 모두 다섯 개인데, 주로 아티스트 채널로 음악 이외에 동화도 가끔 들었다. 사람들끼리 재미있는 말을 주고받는 채널은 영상을 볼 수 없어도 충분히 즐길 수 있었다. 효과음을 잘 사용한 동화도 질리지 않았다. 타스쿠 외에도 제법 많은 아이들이 유튜브를 즐기는 편이었다.

식당에 있는 텔레비전에는 아침 드라마나 뉴스를 틀어 주었고, 인기 예능 방송이나 좋아하는 애니메이션을 보려고 휴게실에 모이기도 했다. 생각보다 '본다'라는 시각에 관련된 동사도 일상에서 당연하다는 듯이 쓰곤 했다.

언제 끝날지 알 수 없는 긴 광고가 끝나자 기다리던 채널의 노래가 경쾌하게 흘러나왔다. 이 노래는 타스쿠가 초등학교 4학년 때 방송되었던 아침 드라마 주제곡이다. 그때 후타바가 자주 흥얼거렸기 때문에 타스쿠도 가사를 외울 지경이었다. 처음 이 노래를 들었을 때, 타스쿠는 가슴이 두근거렸다. 또 다른 내가 한 명 더 있어서, 하고 싶은 일을 마음껏 자유롭게 하는 꿈을 꾼다는 가사 때문이었다. 완전히 자기 마음을 꿰뚫어 본 것 같았다. 그리고 타스쿠 앞에서는 결코 약한 모습을 보인 적 없지만, 후타바도 사실은 앞을 볼 수 있게 되어 좋아하는 일을 실컷 해 보고 싶은 건 아닐까, 하고 생각했다.

후타바는 타스쿠가 처음 사귄, 자신과 같은 눈이 보이지 않는 친구였다. 어느 날 갑자기 눈이 보이지 않게 되면서 어떻게 해야 좋을지 몰랐던 타스쿠에게 눈이 보이지 않아도 할 수 있는 일이 많다고 알려 준 소중한 친구였다. 핸드폰으로 문자를 보내는 것도 유튜브를 즐기는 방법도 모두 후타바가 알려 준 것들이었다. 후타바가 알려 주지 않았다면 타스쿠는 어쩌면 지금까지도 핸드폰을 사용하지 않았을지 모른다.

자신은 후타바가 먼저 걸었던 길을 조금 늦게 따라가고 있다는 걸 깨달았다. 그 생각을 하니 요즘 의욕이 없는 이유를 알 것 같았다. 타스쿠는 지금 따라가던 길잡이이자 등대를 잃어버린 것이다. 그래서 어디를 향해 어떤 식으로 걸어가면 좋을지 갈피를 잡을 수가 없는 거였다.

타스쿠는 낮은 신음 소리를 내면서 천장을 향해 침대에 벌렁 누웠다. 길을 비춰 주는 빛과 같은 존재였던 후타바는 이래저래 한 달 넘게 학교를 쉬고 있다. 괜찮다는 짧은 답장을 끝으로 아무 말도 하지 않았다.

"그렇다고 해도, 내가 뭘 할 수 있겠어?"

지금 타스쿠는 크게 한숨을 쉬는 것 말고는 할 수 있는 게 없었다.

5월 연휴가 가까워지자 누가 스스로 집에 갈 수 있냐는 주제로 기숙사는 소란스러워졌다. 특히 야구치는 어디에서 들었는지 선배들 이야기를 듣고 와서는 저녁 시간이나 휴게실에서 쉴 때, "역시 미우라 선배는 이미지대로야!", "누가 뭐래도 나라 선배야.", "오오하시 선배 다시 봤어."라며 신이 나서 떠들어 댔다.

야구치의 말을 들은 사쿠라이도 의욕을 불태웠다.

"나도 반드시 내년에는 혼자서 집에 갈 거야!"

쿠리타는 이동 수단을 신경 썼다.

"지하철이 나을까, 비행기가 나을까? 야간열차도 괜찮을 것 같아."

히카루는 다른 아이들 말끝에 그저 굉장하다는 말만 덧붙였다.

타스쿠는 만약에 후타바가 이 자리에 있었다면 분명히 사쿠라이와 같은 소리를 했을 거라 상상하면서, 나라면 어떻게 했을까 하고 생각해 봤다. 흰지팡이를 사용해서 걷는 것만으로도 힘든데, 대중교통을 이용하다니 더욱 수준 높은 숙제 같았다. 곧 시작하게 된다는 흰지팡이 보행 수업을 받으면 언젠가는 나도 흰지팡이를 들고 여기저기 돌아다닐 수 있게 될까? 타스쿠는 다른 사람들 사이에 섞여 지하철이나 버스를 타고 있는 자신을 상상해 보려고 했지만 쉽게 떠올려지지 않았다. 이후로도 영원히 상상이 안 될 것만 같았다.

연휴 첫날, 타스쿠는 기숙사를 나와 엄마의 차를 타고 집으로 갔다. 집에 도착해 거실 소파에 앉으니 휴, 하고 편안한 숨이 새어 나왔다. 역시 집이 최고다. 어디에 뭐가 있는지 일일이 확인할 필요 없이 전부 알고 있다는 게 무엇보다 좋았다. 타스쿠의 집은 모든 물건을 반드시 제자리에 두었고, 원하는 물건이 그 자리에 없는 경우는 잘 없었다. 만약에 찾지 못하면 엄마나 아빠에게 부탁하면 순식간에 해결되었다. 그런 부분에서 기숙사 생활은 불편함의 연속이었다. 어쩌다 아무 생각 없이 둔 물건을 찾을 수가 없어서 온 방 안을 다 뒤지는 일이 흔했다. 타스쿠는 가족과 떨어져서 생활하는 쓸쓸함보다는 그런 불편함이 더 힘들었다. 청소도 세탁도 정리하는 것도 혼자서 못할 것도 없지만 시간이 많이 걸려 금세 지쳤다.

집으로 오는 차 안에서 계속 기숙사 생활에 대해 질문을 퍼붓던 엄마는 집에 도착하자마자 부산스레 부엌과 거실을 오가면서 뭐라도 타스쿠를 챙겨 주고 싶어 했다.

"피곤하지? 가정통신문 같은 거 있으면 미리 꺼내 놔. 아, 그리고 세탁할 것도. 그런데 봄에 입을 코트는 가지고 왔어? 숙제는? 음료수 마실 거지? 탄산으로 줄까?"

타스쿠는 다섯 번에 한 번 정도 대답했다. 선생님은 항상 자기 목소리로 상대방에게 제대로 의사를 전달하는 것이 중요하다고 말했지만, 우리 엄마 앞에서도 같은 소리를 할 수 있을까 하는 생각이 들었다.

타스쿠는 연휴 중에 어디에도 나가지 않고 녹화를 부탁해 둔 애니메이션을 보거나 핸드폰으로 유튜브와 채팅만 실컷 하면서 보냈다. 각자 집으로 돌아가기 전에 마이바라가 sns 아이디를 물어봐서, 같은 반 아이들이 모인 채팅방에 참여하게 되었다. 모두와 함께 채팅방에서 대화를 주고받는 일은 상상했던 것보다 백배는 더 즐거웠다. 무엇보다 후타바와 달리 꼭 답장이 오는 게 좋았다. 타스쿠도 교실에 있을 때보다 훨씬 더 마음 편히 이야기할 수 있었다.

눈이 보이지 않는 타스쿠와 친구들에게는 낮과 밤의 경계가 거의 없었다. 학교 수업이 있는 날은 아침부터 밤까지 일정이 정해져 있기 때문에 나름대로 지쳐서 밤에 푹 잠들 수 있지만, 매일 집에만 있으면 순식간에 몸속 시계가 엉망이 되었다. 같은 반 친구들도 비슷한지, 대부분 오전 9시에서 10시 사이에나 일어나는 것 같았다. 그때부터 채팅을 주고받는 것이 활발해졌다. 그다음으로 가장 활발한 시간은 밤 9시쯤이었다. 오늘은 동네 친구를 만났다거나, 부모님이랑 어디를 갔다거나, 지금 텔레비전의 어떤 프로그램을 보고 있다거나, 이름이 뭐라던 탤런트 목소리가 꽃미남 같다거나 하는 별 대수롭지도 않은 이야기가 이어진다. 괌 여행 중인 야구치만 시차가 있는 만큼 시간이 좀 안 맞지만, 현지 사람들과 엉터리 영어로 대화한 이야기 같은 특이한 화제를 올려서 분위기를 띄웠다.

입학식 직후에는 어떻게 해야 할지 막막했는데, 이제야 겨우 상상해 왔던 새학기가 시작된 기분도 들었다. 타스쿠는 친구들과 친해진 뒤로 언제부턴가 후타바에 대해서는 잊고 매일 늦은 밤까지 채팅을 했다.

덕분에 연휴 마지막 날에는 집을 떠나는 아쉬움을 느낌 틈도 없이 기숙사에 돌아올 수 있었다. 물론 이번에도 엄마가 차로 데려다주었다.

타스쿠는 오랜만에 만난 반 친구들과 함께 외출하기로 했다. 연휴 중에는 기숙사에서 식사가 나오지 않기 때문에, 3시에 휴게실에서 모여 시력이 조금 있는 마이바라, 야구치와 함께 학교 근처에 있는 패스트푸드점에 저녁 식사를 사러 가기로 했다.

타스쿠는 휴게실 입구에서 발을 멈추고 안에 있을 지도 모를 친구를 위해 확실히 소리 내어 인사했다.

"나 타스쿠인데, 누구 있어?"

"타스쿠, 여기!"

휴게실 안쪽에서 쿠리타의 대답이 들렸다.

타스쿠는 의자 등받이와 벽을 만지며 목소리가 들린 쪽을 향해서 갔다. 그런데 한 걸음 정도 더 나갔던 모양이다. 주변을 살피기 위해서 뻗은 오른손이 쿠리타의 머리와 톡 부딪히고 말았다.

"앗, 미안."

"어서 와."

타스쿠와 친구들의 세계에서 이런 일은 몹시 흔한 일이라, 조금씩 손이나 어깨가 부딪히는 정도로 화를 내는 사람은 없었다.

"도착한 사람은 쿠리타뿐이야?"

타스쿠는 그렇게 물으면서 쿠리타 옆에 아무도 없는지 확인하고 의자에 앉았다. 여전히 편하게 부르지는 못하지만 연휴 동안 많이 친해진 느낌이었다.

쿠리타가 타스쿠 쪽을 향해 말했다.

"아까 히카루한테서 연락이 왔는데, 금방 도착한대."

쿠리타와 어제 본 예능 방송의 사회자 말투가 멋있는 척하는 느낌이 들었는데 실제로는 어떤 사람일까 하는 이야기를 하고 있었다. 그때 사쿠라이와 야구치 목소리가 들려왔다.

쿠리타는 장난스럽게 말했다.

"지금부터 조용히 있어 보자."

타스쿠는 그 말을 무시하고 소리내어 말했다.

"여기야!"

잠시 뒤 히카루가 누군가와 이야기를 하며 다가왔다.

"교문 앞에서 우리 엄마랑 야구치 엄마랑 계속 이야기해서 빠져나올 수가 있어야지."

"그 두 사람 분명히 카페 들렀다가 집에 갈걸."

"기숙사 말이야, 올 때마다 생각하는 건데 항상 좋은 냄새가 나. 식당 냄새도 아니고 뭘까? 청소 세제 냄새?"

별나게 많이 신난 녀석이랑 같이 있는 것 같다고 생각했는데, 그게 마이바라였다. 집에서 통학하고 있는 마이바라가 기숙사에 들어온 것은 오리엔테이션 이후 처음이다. 마이바라가 마지막으로 기숙사에 왔던 때를 생각하니, 연휴 동안 완전히 잊고 지냈던 후타바 생각이 났다.

'후타바가 역에서 사고를 당한 것도 벌써 한참 지났구나.'

타스쿠가 후타바 생각을 하고 있는데, 사쿠라이가 물었다.

"그럼 다 모인 거지?"

그 말에 마이바라가 반장답게 큰 소리로 말했다.

"다 왔는지 확인할게!"

신났던 목소리는 어디 가고, 평소의 고지식함을 되찾았는지 마이바라는 아이들 이름을 하나씩 소리 내어 불렀다. 친구들이 다 대답을 하자, 히카루가 신난 목소리로 외쳤다.

"모두 출동!"

그 소리에 타스쿠와 친구들은 앞으로 걷기 시작했다. 평소 선생님과 학교 안을 이동할 때와 같은 방법으로 마이바라와 야구치가 제일 앞에 서고 두 줄로 나뉘어 기숙사를 나왔다.

교문을 나온 지 얼마 안 됐을 때, 마이바라가 물었다.

"엇, 타스쿠는 지갑만 챙긴 거야? 흰지팡이는?"

들켜 버렸다. 마이바라와 야구치는 약시라서 시야와 시력을 조금이나마 가지고 있다. 시야는 물체가 보이는 범위, 시력은 물체를 볼 수 있는 힘을 말한다. 사람에 따라서는 물체가 구불텅하게 구부러져 보이거나, 부분적으로는 검게 지워진 채 보이거나, 뿌옇게 보이기도 한다. 눈이 부시게 보이는 경우도 있다. 시야가 360도가 되고 물체가 뒤틀려 보이지도 않고 눈이 부신 현상도 없이 안경이나 렌즈로 교정할 수 있는 시력은 정상으로 본다. 타스쿠의 부모님도 앞이 보이고 마츠키 선생님도, 진나이 아저씨도, 사실 세상의 대다수 사람이 자신의 눈으로 앞을 볼 수 있다.

마이바라와 같은 친구들과 있으면, 아주 조금이라도 눈이 보이면 세계가 완전히 달라진다는 걸 새삼 느끼게 되었다. 조금이라도 보이는 사람 앞에서는 뭔가 숨길 수가 없었다.

타스쿠는 슬쩍 얼버무렸다.

"다들 흰지팡이 가지고 있는 거야?"

"당연하지!"

명쾌한 대답을 한 건 히카루였다. 탁탁, 하고 흰지팡이의 뾰족한 끝부분으로 바닥을 쳤다.

사쿠라이도 뒤이어 대답했다.

"지금은 야구치 어깨를 붙잡고 있지만, 나도 배낭에 접이식 지팡이를 넣어 왔어."

쿠리타도 말했다.

"나도 접이식이야."

'설마…… 모두 가지고 있다고?'

마이바라가 모범생다운 대답을 했다.

"당연히 가지고 있지. 흰지팡이를 가지고 있으면 다른 사람들이 우리를 알아볼 가능성이 높잖아."

타스쿠는 사실 그게 싫은 거라고 말하지 못했다. 지금 마이바라가 말한 대로 흰지팡이는 눈이 보이지 않는 사람이라는 표시가 되기도 한다. 흰지팡이를 가지고 있는 것만으로 자신이 시각 장애인이라는 걸 모두 알게 된다. 혹시 모를 사고를 미리 막을 수 있을지는 모르지만, 뒤집어 생각하면 내가 눈이 보이지 않는다고 모두에게 알리면서 걷는 것 같아서 타스쿠는 흰지팡이가 꺼려졌다. 흰지팡이를 보는 것은 착한 사람들만은 아닐 테니까. 실제로 귓가에 대고 기분 나쁜 말을 속삭이고 가는 사람이 있는가 하면, 빨간색 신호에 멈춰서 기다리고 있는 시각 장애인에게 초록불이 됐다고 거짓말을 하고 가는 사람도 있다. 이유 없이 폭력을 휘두르는 사람이나 심지어 성추행을 하는 사람도…….

후타바도 흰지팡이만 들고 있지 않았다면 부딪힌 사람이 괜찮냐고 다정히 물어보았을지도 모른다고 타스쿠는 생각했다. 그런데 후타바는 그때 흰지팡이를 가지고 있었기 때문에 눈이 보이지 않는다는 걸 들켜 버렸고, 눈도 안 보이면서 돌아다니지 말라는 이상한 소리를 들은 거다.

그 일이 있고 나서, 타스쿠는 더욱 흰지팡이를 들고 다니고 싶지 않았다. 후타바에게 있었던 일을 떠올리자 타스쿠의 마음이 얼어붙는 것 같았다. 몸도 굳어 버릴 것만 같아 자기도 모르게 멈춰 서려 할 때, 야구치가 말했다.

"나는 안 가지고 있어. 뭔가 좀 꺼려지더라고."

그 말에 얼어붙을 것 같던 타스쿠의 마음이 스르륵 녹았다.

"야구치도 그래? 사실은 나도……."

가위바위보에서 늦게 낸 사람처럼 모양은 좀 빠지지만, 확실히 말로 표현하자 조금은 마음이 편해졌다. 움츠러들기 일쑤였던 다리도 원래로 돌아온 것 같았다.

그런데 큰 거리에 들어서면서 교통량이 확실히 많아졌다는 것이 소리로도 알 수 있을 정도가 되자, 타스쿠는 금세 다시 움츠러들었다. 연휴 마지막 날이라 그런지 생각했던 것보다 오가는 차량이 많았다. 도로를 사이에 두고 양쪽에 큰 빌딩이 있는 건지 소리가 위로 퍼져 나갔다. 물론 타스쿠도 혼잡한 쇼핑몰이나 관광지에 가 본 적은 있었다. 지하철이나 버스를 탄 적도 있지만 언제나 엄마나 아빠와 함께였다. 오늘처럼 또래 친구들하고만 나온 건 처음이었다.

처음에는 당연히 친구들과 함께하고 싶다고 생각했는데, 일단 한번 불안하다고 느끼자 정말 우리들 힘만으로 목적지까지 갈 수 있을까, 제대로 기숙사에는 돌아갈 수 있을까, 무엇보다 그 사이에 어떤 사건에 휘말리거나 시비나 폭행을 당하지는 않을까 걱정되어 불안함은 점점 커졌다.

그런 타스쿠를 위협이라도 하듯이 자전거 한 대가 샥, 하는 예리한 소리를 일으키며 타쿠스와 친구들 바로 옆을 무서운 속도로 지나갔다.

평소에 침착한 마이바라도 이번에는 목소리를 높였다.

"위험하게 뭐야!"

히카루가 말했다.

"어, 지금 자전거였어? 나는 고양이가 흥분해서 내는 소린 줄 알았네."

왠일로 사쿠라이도 불안한 듯 투덜거렸다.

"자전거는 기척을 느낄 수가 없으니까 더 무서운 거 같아. 눈치챘을 때는 이미 바로 옆에 있는 걸, 뭐."

쿠리타가 화가 난 듯 말했다.

"게다가 여기 인도잖아!"

모두들 말이 없어졌다.

목적지인 패스트푸드점에 도착했을 때 타스쿠는 완전히 지쳐 있었다. 가게의 자동문이 열린 모양인지 가게 안에서 흘러넘치고 있던 소리들이 홍수처럼 밀려왔다. 프렌치프라이를 튀기는 소리, 플라스틱 쟁반이 어딘가에 부딪히는 소리, 뭔가를 알리는 기계음, 손님들의 이야기 소리, 발소리. 행사 중이라는 광고 소리까지 흘러나왔다.

순식간에 너무 많은 소리가 달려들자 타스쿠는 정신이 없었다. 분명 친구들과 함께 가게에 들어왔을 텐데, 좀 전까지 붙잡고 있던 쿠리타의 어깨가 지금은 어디에도 없었다. 잠깐이었다고 해도 소리에 정신이 팔렸던 게 문제였다.

"쿠리타?"

이름을 불러도 대답이 없었다.

그때 뒤에서 사람들이 한꺼번에 몰려 들어왔다. 다시 자동문이 열리는 소리가 들리고, 거기다 도로를 달리는 자동차 소리까지 더해졌다.

"어서 오세요. 안녕하세요! 주문하시겠습니까? 프렌치프라이는 어떠세요? 지금 행사 중이거든요!"

타스쿠는 친구들 이름을 중얼거리면서 오른손을 앞으로 뻗어 조금씩 발을 떼 보려 했다.

"아야! 뭐야?"

젊은 여자 목소리가 날카롭게 들려왔다. 타스쿠도 모르는 사이에 손이 닿았던 모양이다.

"죄송합니다."

타스쿠는 얼른 사과했다. 조심조심 방향을 바꾸었다. 이번에는 바로 앞에서 누군가의 핸드폰 소리가 크게 울렸다. 그 소리에 너무 놀라서 자기도 모르게 몸 전체로 흠칫 떨었다.

"다음 손님!"

타스쿠는 그 자리에서 한 발자국도 움직일 수 없었다.

"쯧!"

누군가 혀를 차며 옆을 지나갔다.

"죄송합니다."

무슨 일인지 모르지만, 타스쿠는 일단 사과를 했다. 목소리가 떨렸다. 목소리뿐만이 아니다. 정신을 차리고 보니 손도 발도 온몸이 덜덜 떨리고 있었다. 수많은 소리와 사람들의 기척에 머리가 어질어질했다. 타스쿠는 그제야 왜 흰지팡이를 가지고 오지 않았을까 후회했다. 이제는 똑바로 서 있는 것조차 쉽지 않았다.

"사쿠라이?"

제대로 목소리도 나오지 않았다.

"야구치!"

'모두들 어디에 가 버린 거야? 무서워. 너무 무서워.'

낯선 곳에서 혼자가 되어 버린 것도 그렇지만, 타스쿠를 진짜 공포에 빠뜨린 것은 석 달 전 후타바에게 일어난 그 사건 탓이 크다. 이번에는 내 차례일지도 모른다는 생각이 들었다. 지금이 라도 무서운 사람이 다가와 심한 말을 할지도 모를 일이다. 눈이 안 보인다는 이유만으로 폭행을 당할지도 모른다는 생각이 들 자, 이곳에 있는 사람들이 무서워서 견딜 수가 없었다.

밖에 나가고 싶지 않은 병

어제 일은 떠올리고 싶지 않은데, 머리에서 떠나질 않아서 괴롭기만 했다.

그날 타스쿠의 상태가 어딘가 이상하다는 걸 눈치챈 어떤 친절한 형이 타스쿠와 친구들이 만날 수 있도록 도와주었다. 가게의 점장이라는 아저씨가 와서 학교에 연락해 주었다. 점장 아저씨는 타스쿠와 비슷한 또래 아이가 있다며 안쓰러운 듯 말했다.

"중학생이니까 한참 놀고 싶을 때지. 너희들 마음은 알겠는데, 이렇게 무리하고 그러면 안 돼."

친구들을 만난 뒤로도 타스쿠는 계속 몸이 떨렸다. 무서웠다. 자기를 도와준 친절한 형 외에 모든 사람이 무서웠다. 조금 부딪혔다고 혀를 차고 지나간 사람도, 보고도 그냥 옆을 지나갔을 사

람도, 타스쿠를 보며 '저 애 혹시?'라고 생각했을 사람도, "마음
은 알겠는데."라는 소리를 하는 점장 아저씨도, 자기를 보고 아
무 생각이 없었을 지도 모르는 사람들까지 다 무서웠다. 그러면
서 새삼스레 다시 한번 생각했다. 나도 이렇게 무서웠는데 후타
바는 얼마나 무서웠을까.

어제는 거의 잠을 자지 못했다. 오늘 아침, 눈을 뜬 순간부터
기분이 너무 가라앉아서 학교에 갈 의욕이 전혀 생기지 않았다.
타스쿠는 아침 점호를 하러 오신 당직 선생님에게 몸이 좋지 않
아서 오늘 수업은 빠지고 싶다고 말하고 머리까지 이불을 푹 뒤
집어쓰고 눈을 감았다.

똑똑!

노크 소리가 들린 것은 어느 정도 잠이 들었을 무렵이었다.

조리사 선생님이 아침을 직접 가져다 주시나 보다 생각한 타스
쿠는 느릿느릿 침대에서 일어나 방문을 열었다.

"책상 위에 올려 둬 주시겠어요?"

타스쿠의 말과 거의 동시에 낯선 목소리가 타스쿠의 머리보다
조금 위에서 들렸다.

"식당에서 같이 먹자!"

남자 어른인 것 같은데 처음 듣는 목소리였다.

"누구세요?"

타스쿠는 돌려 말하지 않고 바로 물었다.

"난 츠카다라고 해."

"츠카다…… 선생님?"

처음 듣는 이름이었다.

"제대로 자기소개도 하고 싶으니까 같이 아침 먹자. 아직 안 먹은 건 우리 둘뿐인 것 같아."

조금은 억지스럽게 권하는 목소리였지만, 5월의 바람 같은 상쾌함이 묻어 있었다.

"이 학교 고기 감자조림 진짜 맛있다!"

츠카다 선생님은 흥분된 목소리로 말했다. 선생님의 고향에서는 감자조림에 소고기를 넣지만 개인적으론 돼지고기가 감자랑 더 어울리는 것 같다는 이야기를 하면서, 타스쿠가 듣기에는 어느 쪽이든 상관없을 이야기를 이어갔다.

이미 급식 시간이 끝난 주방은 한참 청소 중인 모양인지 물소리와 함께 쿵쾅거리며 묵직한 조리 도구가 싱크대에 부딪히는 소리가 쉴 새 없이 들려왔다.

타스쿠도 고기 감자조림을 집어 먹었다. 감자였으면 했는데 당근을 집은 모양이다. 타스쿠가 싫어하는 뭔가 약 같은 맛이 났다. 다시 젓가락으로 집어 보았다. 이번에는 감자였다. 선생님

말대로 간이 잘 배어들어 맛있었다. 입안을 깔끔하게 하려고 이번에는 네 시 위치에 있는 국그릇 쪽으로 손을 뻗었을 때, 츠카다 선생님이 말을 꺼냈다.

"자, 그럼 슬슬 본론으로 들어가 볼까?"

타스쿠는 당면을 한입 먹고 젓가락을 내려놓았다.

"제대로 소개할게. 나는 네 보행 지도를 담당하게 될 보행 훈련사 츠카다라고 해. 너무 딱딱한 건 불편하니까 그냥 편하게 불러."

보행 훈련사는 흰지팡이를 들고 길을 걷는 기술을 가르쳐 주는 전문 선생님이다. 츠카다 선생님 말로는 타스쿠와 같은 중등부 1학년들은 일 년 동안 서른다섯 시간 정도 흰지팡이 보행 연습을 한다고 했다. 선생님 한 분이 학생 한 명을 맡아 가르친다. 처음에는 학교 안에서부터 시작해서 익숙해지면 점점 학교 밖으로 범위를 넓혀갈 계획이라고 했다.

오늘 아침 조회 시간에 담임 선생님이 아이들에게 따로 소개해 주었는데, 나만 자리에 없어서 츠카다 선생님이 일부러 기숙사까지 와 준 거였다.

"혼자 힘으로 편의점까지 갈 수 있게 되면 즐거울 거야. 그리고 나중에는 우체국이나 역까지도 혼자서 이용할 수 있게 되면 얼마나 편하다고."

타스쿠는 머뭇머뭇 말을 꺼냈다.

"그 수업 안 들으면 안 되나요? 뭔가, 더는 밖에 나가고 싶지 않아서……."

어제의 일도 있고 타스쿠는 흰지팡이를 들고 있건 아니건 시각장애인이라면 안 좋은 일을 언제든 겪을지 모른다는 생각이 들었다. 할 수만 있다면, 평생 낯선 사람들이 많은 장소에는 발을 들여놓고 싶지 않았다. 하지만 그렇게 살 수는 없을 테니까, 필요할 때는 가족이나 봉사자 분들의 도움을 받으면 어떨까 생각했다. 시에서 운영하는 서비스를 신청하면 개인적인 일만 아니라면 이동 지원 서비스를 받을 수 있다고 들었다.

용기를 내서 속마음을 말했는데 츠카다 선생님에게는 전해지지 않은 모양이다. 오히려 선생님은 평온한 목소리로 되물었다.

"타스쿠는 네가 외출하고 싶을 때, 네가 가고 싶은 장소에 스스로 가면 좋겠다고 생각하지 않아?"

타스쿠도 당연히 누군가를 의지해야 하는 것보다 내가 외출하고 싶을 때 마음껏 외출할 수 있다면 편하다는 건 안다. 그렇지만…… 선생님도 눈이 보이지 않았다면 지금 자신의 기분을 알 수 있을 거라고 생각했다. 다른 사람들은 다 앞이 보이는데 나만 아무것도 볼 수 없는 상황에서 길을 걷는 일이 얼마나 무섭고 힘든 일인지, 선생님은 모르니까 편하게 말하는 거라는 생각만 들었다.

츠카다 선생님이 젓가락을 쟁반에 내려놓은 모양인지 달그닥, 하고 무게가 같은 작은 물건이 거의 동시에 소리를 냈다.

"타스쿠가 밖에 나가고 싶지 않은 건, 초등학교 때 친구가 겪은 일과 연관이 있을까? 아니면 어제 있었던 일이 원인이야?"

어제 일을 선생님도 들은 모양이다. 타스쿠는 진저리를 치면서도 어쩔 수 없이 인정했다.

"둘 다요."

"마츠키 선생님께 이야기 들었어. 너희들 대모험을 하고 온 모양이더라."

가볍게 말하는 말투에 화가 나서, 타스쿠는 자기도 모르게 속마음을 말해 버렸다.

"최악이었거든요!"

"구체적으로 어떤 것이 최악이었어?"

'그야 당연히 다른 사람들이지. 뻔히 다 보이면서 나를 못 본 척한 사람들. 별것도 아닌 일에 혀를 차고 짜증을 낸 사람들. 지금 앞에 있는 츠카다 선생님도 어차피 앞이 보이는 사람이니까 내 마음을 알 리 없어.'

타스쿠가 좀처럼 속마음을 이야기하지 않자, 츠카다 선생님은 얕은 숨을 뱉는 것 같은 작은 웃음소리를 냈다.

"분명 다른 사람들의 행동이 최악이었겠지? 뻔히 다 보이면서도 곤란해하는 너를 눈앞에 없는 사람인 양 취급했을 테니까. 내 말이 틀리니? 그런데 말이야 만약에 네가 흰지팡이를 잘 사용하고 있었다면 어떻게 되었을까? 반성해야 하는 건 정말로 그 사람들뿐이야?"

찔리는 부분을 지적 당한 타스쿠는 머뭇거리며 선생님의 목소리가 들리는 쪽으로 고개를 돌렸다. 설교는 지긋지긋했지만, 츠카다 선생님의 목소리는 꾸밈없이 솔직한 사람이라는 느낌이 들었다.

어떻게 대답하면 좋을지 생각하고 있을 때, 젖은 슬리퍼를 끄는 소리를 내면서 누군가가 다가왔다.

"그거 이제 좀 치워도 될까요? 곧 퇴근해야 하는 시간이라."

조리사 아주머니인 모양이다.

"아, 그럼요. 엄청 맛있었어요. 특히 감자조림이 대박이었어요. 역시 감자는 돼지고기가 더 잘 어울리는 것 같아요."

"호호, 그거 다행이네요. 타스쿠도 다 먹었어?"

"네, 잘 먹었습니다."

타스쿠는 쟁반을 들어 올렸다.

아주머니의 신발 소리가 주방의 물소리 사이로 사라져 갈 때, 다시 한번 츠카다 선생님이 입을 열었다.

"자, 그러니까 더는 밖에 나가고 싶지 않다는 약한 소리 말고, 흰지팡이로 걷는 연습을 하자. 수업은 이번 주 금요일부터 시작이야. 어디서 보면 좋을까? 그래, 기숙사 앞으로 하자. 지각은 절대 안 돼. 반드시 흰지팡이를 가지고 최대한 빨리 나올 것!"

츠카다 선생님은 모험이라도 나가는 사람처럼 말했다.

'좋은 사람 같기는 한데…… 좀 귀찮을지도 모르겠다.'

타스쿠는 츠카다 선생님이 다음에 만날 장소도 미리 확인해 두고 가는 것을 보고 짐작했다.

기숙사 밖으로 나오자 바람을 타고 귀에 익숙한 목소리가 여럿 들렸다. 히카루와 쿠리타, 사쿠라이 그리고 마츠키 선생님인 것 같았다.

오후는 미술 수업인데 왜 친구들이 여기 있는지 이상했다. '지금까지 만져 본 적 없는 모양'이라는 주제로 도자기 점토를 반죽하는 수업을 하는 걸로 알고 있었다. 타스쿠가 시간표를 떠올리면서 의아해하고 있을 때, 츠카다 선생님도 아이들 소리를 들은 모양이었다.

"친구들 있는 곳에 가 보자."

타스쿠는 얼른 가지 않아도 될 핑계를 생각해 봤지만, 거짓말로 쉬고 있는 것이 들킨 마당에 다시 꾀병을 핑계 삼을 수도 없었다. 츠카다 선생님과 함께 간 곳은 대낮인데도 불구하고 전혀 햇살이 느껴지지 않았다. 축축하게 습기 찬 공기에는 곰팡이 냄새도 섞여 있었다. 흙냄새도 느껴졌다. 학교 정문 근처 화단일지도 모르겠다고 타스쿠는 추측했다.

츠카다 선생님은 마츠키 선생님과 뭔가 작은 목소리로 이야기하더니, 타스쿠에게 다가와 인사를 하고는 가 버렸다.

"자, 그러면 금요일에 보자. 시간 있을 때 흰지팡이로 가고 싶은 곳도 생각해 둬."

마츠키 선생님이 친구들에게 타스쿠가 등교했다고 전했다. 그러자 바로 히카루의 걱정스러운 목소리가 들려왔다.

"몸은 이제 좀 괜찮은 거야?"

그 말을 들으니, 타스쿠는 조금 부끄러웠다. 히카루의 목소리에서 상처 난 곳을 만지듯 조심스러운 마음이 느껴졌기 때문이었다. 이제야 겨우 자연스럽게 친해져서 좋은 친구가 생겼구나 싶었는데 다시 벽이 생긴 느낌이었다.

수업이 변경되어 생물 수업과 미술 수업이 서로 바뀌었다고 선생님이 알려 주었다. 타스쿠가 예상한 대로 지금은 학교 정문 옆에 있는 화단에서 식물을 관찰하고 있다고 했다. 선생님이 타스쿠도 같이 관찰해 보라고 해서 타스쿠는 어쩔 수 없이 화단 쪽으로 갔다. 하지만 친구들의 목소리가 조금은 멀리서 들리는 적당한 거리를 유지하면서 앉았다. 마지못해 오른손을 뻗어 화단을 더듬었다. 손에 흙이 닿자 촉촉함과 차가움이 동시에 손바닥에 전해졌다. 그런 감각이 지금의 자기 기분과 같다는 생각이 들어서 조금은 마음이 편안해졌다.

선생님은 지금 관찰하고 있는 식물의 이름은 비밀이라고 했다. 어쩐지 이름을 들으면 모두가 알고 있는 식물인 모양이다. 땅 위를 쓰다듬듯이 손을 움직이자 빨대 굵기 정도의 얇은 줄기 몇 개가 땅 위로 올라와 있는 것이 만져졌다. 그중에 한 줄기를 따라 위로 올라가 봤다.

오늘도 주로 사용하는 오른손만으로 줄기를 관찰하고 있는데 마츠키 선생님에게 또 주의를 듣고 말았다.

"타스쿠, 양손을 사용하자."

"한쪽 손만 써도 충분해요."

"하지만 양손을 사용하면 네가 보는 세계가 넓어질 거야."

'세계가 넓어진다고?'

대체 무슨 소린지 알 수는 없었지만 이러고 있는 지금도 선생님이 보고 있을지 모른다고 생각하니 마음이 불편했다. 타스쿠는 어쩔 수 없이 왼손도 앞으로 내밀었다. 가는 솜털이 자라 있는 줄기가 하늘을 향해서 곧바로 뻗어 있었다. 옆에는 조릿대보다 훨씬 더 큰 것 같은 나뭇잎 네 장이 엇갈리게 나와 있었다. 꽃은 꼭대기에 한 송이뿐이다. 커다란 꽃잎이 겹겹이 겹치듯이 원기둥 모양으로 피었다.

"뭔지 알겠어?"

선생님이 물었다.

"튤립인가요?"

"정답!"

밝은 목소리가 머리 위에서 내려온다.

매년 이렇게 관찰하기 위해서 계절이 되면 구근을 채취해서 일부러 이쪽 화단에 심는다고 했다. 그때그때 계절을 대표하는 식물들을 빠짐없이 관찰하기 위해서 볕이 잘 들지 않는 장소를 일부러 골라 개화 시기를 조정하고 있는 거라고 했다. 튤립 외에도 학교에는 여러 가지 식물이 있다고 들었다. 교문에는 진달래, 수영장 가장자리에는 수국, 교정에는 벚나무, 계수나무, 감나무, 뒷문에는 단풍나무, 중앙 정원의 채소밭에는 가지와 감자, 방울토마토가 심어져 있다고 했다. 그러고 보니 교실 창문 바로 옆에 비파나무도 있다.

튤립을 관찰하고 느낀 점을 순서대로 발표하고 있는데 바로 옆에서 커다란 차가 부르릉, 하고 큰 소리를 일으켰다. 차라락, 하면서 묵직한 타이어가 모래를 짓누르는 소리가 점점 이쪽으로 가까워져 왔다.

마츠키 선생님이 짝, 소리가 나게 손바닥을 치자, 모두 화단

쪽으로 붙어 섰다. 그러자 뒤쪽에서 삐-이, 하는 소리가 났다. 통학 버스 문이 열린 모양이다.

"선생님 안녕히 계세요!"

본관 건물에서 제각기 인사를 하는 어린 목소리와 작은 발소리를 울리면서 유치부 아이들이 계속해서 다가왔다.

버스가 출발하고 주변이 다시 조용해진 뒤, 사쿠라이가 물었다.

"선생님, 제가 만진 튤립은 무슨 색이에요?"

색이라니, 타스쿠에게는 전혀 상관 없는 일이 사쿠라이에게는 중요해 보였다.

"사쿠라이 건 빨강색이네."

히카루도 물었다.

"선생님 내 건요?"

"히카루는 노란색, 쿠리타도 노란색, 타스쿠는 흰색이야."

"흰색 튤립은 처음인 거 같아. 타스쿠, 나중에 한번 만지게 해 줄래?"

"나도!"

사쿠라이와 히카루가 흰색 튤립을 만져 보고 싶다고 하자, 쿠리타가 말했다.

"색이 다를 뿐이지, 촉감은 다 같은 거 아냐?"

셋이 떠드는 소리를 듣고 있으니, 타스쿠는 어느새 마음이 조금 편안해졌다. 최근 한 달을 되돌아보면 실패의 연속이었다. 화학실에서 화상을 입은 것부터 시작해서, 어제 친구들과 떨어져 헤맨 것도 그렇고, 오늘 꾀병을 부린 것도, 모든 일이 친구들에게 걸림돌이 될 만한 일이다. 그런데 오늘 보니 그렇게 생각하면서 벽을 만든 것은 타스쿠뿐인 모양이다. 자기도 모르게 훗, 하고 옅은 웃음소리가 새어 나왔다. 귀가 밝은 사쿠라이가 말했다.

"엇, 타스쿠가 웃었다!"

"계속 입을 다물고 있으니까 있는지 없는지 알 수가 없잖아."

"근데 지금 뭐가 웃긴 거야?"

히카루와 쿠리타에게 한 소리씩 듣고 말았다.

"자, 수다는 쉬는 시간에 하자. 알겠지? 지금은 식물을 관찰하는 시간입니다."

선생님의 말에 아이들이 연이어 대답했다.

"네."

"넵!"

"네-에."

"훗."

타스쿠는 튤립의 흰색을 손끝으로 확인하듯이 정성스럽게 꽃잎을 만지면서 마음속 깊이 이 친구들과 같은 반이 되어서 정말 다행이라고 생각했다.

머리 회전이 빠른 사쿠라이와 호기심 많고 숨기는 건 하나도 없을 것 같은 솔직한 히카루, 말은 차갑게 하면서 이상하게 사교성이 좋은 쿠리타까지. 문득 튤립이 여러 가지 색이 있는 것처럼 나도, 사쿠라이도, 쿠리타도, 히카루도 모두 제각각 다른 것이 참 좋았다. 우리는 눈이 보이지 않는다는 공통점이 있을 뿐 사실은 모두 저마다 다르다.

자연스레 후타바도 여기에 있다면 좋았을 텐데 하고 생각이 이어졌다. 방에 틀어박혀 있는 것보다 학교에 오는 게 훨씬 더 빨리 기분이 나아질 테니까, 고민도 빨리 잊어버릴지도 모른다. 무엇보다 함께 있으면 엄청 즐거울 거라고 타스쿠는 큰 소리로 말해 주고 싶었다.

지금까지는 괜찮냐거나 왜 답장을 하지 않냐는 문자만 보냈는데, 오늘은 처음으로 학교에서 있었던 일을 문자로 적어 보냈다. 긴 문장을 핸드폰으로 치는 것은 힘들어서, 꼭 초등학생 여름 방학 일기처럼 되어 버렸지만, 그래도 후타바가 이 문자를 읽고 조금이라도 학교에 나오는 걸 긍정적으로 생각하면 좋겠다고, 그런 바람을 담아서 타스쿠는 열심히 문자를 보냈다.

다음 날부터 타스쿠는 친구들과 함께 학교에 갔다. 그렇다고 눈이 보이는 다른 사람들에 대한 미움이 사라진 것은 아니었다.

마츠키 선생님이나 츠키다 선생님은 좋은 사람인 것 같지만, 눈이 보이는 사람 모두가 좋은 사람일 거라고는 아무래도 생각할 수가 없었다. 그래서인지 츠카다 선생님과의 첫 수업 때, 흰지팡이를 들고 걷는 것에 적극적일 수가 없었다.

기숙사 현관으로 이어지는 계단 난간에 등을 기대고 서서 히카루, 쿠리타와 함께 수다를 떨고 있는데 구두 소리가 여럿 들려왔다. 낯선 이름이 사쿠라이를 불렀다.

"사쿠라이, 사쿠라이 히나코?"

"네."

"쿠리타는 누구야?"

"저 여기 있어요."

"안녕, 타스쿠!"

츠카다 선생님도 반갑게 인사하며 타스쿠가 있는 쪽으로 다가왔다.

"오늘부터 일 년 동안 잘 부탁해."

시원시원하게 인사를 한 뒤, 츠카다 선생님은 타스쿠가 빈손인 걸 보고는 목소리가 완전히 달라져 물었다.

"짐이 그것뿐이야?"

흰지팡이를 가지고 오라는 말은 물론 기억하고 있었다. 그래도 눈이 안 보인다는 것을 여러 사람이 알게 되면 안 좋은 일을 당할 것 같아서 타스쿠는 두려웠다.

끝까지 입을 다물고 있는 타스쿠 앞을 사쿠라이가 발랄한 목소리로 인사하며 자기 담당 선생님과 함께 지나갔다. 쿠리타도 뒤이어 지나갔다.

"먼저 간다."

마이바라와 야구치가 각자 담당 선생님들과 즐거운 듯이 이야기하는 목소리가 멀어져 갔다. 아직 학교 안을 다 파악하지 못했다는 히카루는 오늘 학교 안을 구석구석 확실히 걸어 보겠다면서 즐거운 목소리로 출발했다. 이제 남은 것은 타스쿠뿐이었다.

츠카다 선생님이 말문을 열었다.

"혹시 타스쿠는 항상 자신만 피해자가 될 거라는 생각에 빠져 있는 건 아니니?"

"네?"

뭔가 한 소리 듣게 될 거라고 각오는 하고 있었지만, 츠카다 선생님의 질문은 타스쿠가 예상했던 잔소리와 완전 달랐다.

"극단적으로 말하는 건지도 모르지만, 흰지팡이는 흉기가 될 수도 있어."

"에?"

그 말은 엄청난 충격으로 다가왔다. 타스쿠는 꿀꺽하고 마른 침을 삼켰다.

츠카다 선생님은 담담한 말투로 설명했다. 이 수업은 주변 상황을 잘 파악해서 흰지팡이를 안전하게 사용할 수 있도록 연습하는 거라고 했다. 타스쿠가 흰지팡이를 상황에 맞게 사용하지 못한다면 흰지팡이가 무언가에 혹은 누군가와 부딪힐지도 모른다. 흰지팡이에 걸려서 다치는 사람이 생길 수도 있다는 뜻이었다.

타스쿠는 머릿속이 새하얘졌다. 지금까지 자기가 가해자의 입장에 서는 건 생각해 본 적이 없었다. 체온을 쭉쭉 빼앗겨 버리는 것 같았다. 타스쿠가 차라리 이대로 차가운 석상이 되어 버렸으면 좋을 텐데 하고, 자포자기하는 심정이 되려고 할 때 츠카다 선생님이 제안했다.

"오늘은 우선 학교 근처를 산책해 볼까?"

타스쿠는 츠카다 선생님이 내민 왼쪽 팔꿈치를 조심스럽게 잡았다. 이제는 생각하는 것도 귀찮아졌다. 후타바 일도 그렇고 흰지팡이에 대한 것도 그렇고, 최근에는 가만히 생각하지 않으면 한 걸음도 앞으로 나아갈 수 없는 일들만 눈앞에 깔려 있는 것 같았다.

눈이 보였다면 좋았을 텐데 하고 타스쿠는 오랜만에 다섯 살 이전의 자신을 그리워했다. 앞으로 나아가고 있는 건지 그렇지 않은 건지, 지지부진한 지금 상황을 눈이 보이지 않는 것과 떨어뜨려서 생각할 수 없었다. 눈만 보였다면 모든 일이 순조롭게 진행될 것 같았다. 적어도 그저 동네를 걷는 것 정도에 이렇게 거부감이 들거나 공포를 느낄 필요는 없었을 테니까.

잔뜩 흐린 타스쿠 마음과는 반대로 하늘은 맑고 산뜻하고 기분좋은 바람까지 불었다. 타스쿠는 지금 자신이 어디쯤을 걷고 있는지 대략 짐작이 갔다. 아마 학교 운동장 앞 여러 종류의 나무가 심어진 곳쯤일 것이다. 어디에서라고 할 것도 없이 사방에서 초록 풀 냄새가 풍겨 오고 이름 모를 새소리도 서너 종류 들려왔다. 바람에 날려 떨어진 건지 운동화 바닥에서 바싹 마른 나뭇잎이 부서지는 소리를 냈다.

이런저런 생각을 하는 사이에 정문까지 온 모양이다.

"다녀오세요!"

진나이 아저씨의 기운찬 목소리가 날아왔다. 타스쿠는 마음속으로 '사실은 별로 나가고 싶지 않아요.' 하고 중얼거렸다.

교문에서 직선으로 곧장 뻗어 있는 길을 걷는 것은 처음이었다. 발소리가 길 앞으로 날아갔다. 그렇다는 건, 막다른 길도 엇갈리는 길도 한동안은 없다는 뜻이다. 차가 달리는 소리도 멀리서 들리는 정도고 주변은 조용했다. 주택가일지도 모른다. 그래서인지 점자 블록도 설치되어 있지 않았다.

한동안 걷다가 타스쿠는 숨을 들이마시고 조심스럽게 말했다.

"R시 Z역에 가 보고 싶어요."

이전에 츠카다 선생님이 흰지팡이로 가고 싶은 곳을 생각해 두라고 했던 말이 생각났다. 타스쿠는 후타바를 학교에도 못 나오게 만든 사람을 잡고 싶었다. 후타바를 집에만 갇혀 있게 만든 그 사람만큼이나 아무것도 할 수 없는 지금의 자신에게도 화가 났다. 그곳에 가기 위해서라면 흰지팡이 연습도 열심히 할 수 있을 것만 같았다.

"Z역이라면 아무래도 수업 시간 안에 갔다 오기는 힘들 것 같은데."

'아, 제한 시간이 있다는 것을 깜박 잊었네.'

기껏 흰지팡이 수업의 동기 부여가 될 것 같다고 생각했는데, 시작하기도 전에 기세가 꺾여 버린 타스쿠는 다시 입을 다물었다.

큰길에 들어선 뒤, 츠카다 선생님을 따라서 점자 블록 위에 멈춰 서자 타스쿠의 허리 부근쯤에서 딸깍, 하고 작은 소리가 들렸다. 츠카다 선생님이 횡단보도의 보행자 신호 버튼을 누른 모양이다. 그런데도 좀처럼 신호가 바뀌지 않았다. 타스쿠 바로 앞에서 차가 빠르게 달리는 소리가 들렸다. 다섯 대 중에 한 대는 대형 트럭인 것 같았다. 네 대 중에 한 대 정도는 전기 자동차나 하이브리드 차량이 달리는 소리가 섞여서 들려왔다. 가솔린 자동차와는 확실히 소리가 달랐다. 가만히 귀를 기울이지 않으면 정체를 알아차리기 힘든 유령 같은 소리를 냈다. 눈이 보이지 않게 되고 처음 전기 자동차의 위이잉, 하는 소리를 들었을 때 타스쿠는 UFO가 불시착했나 하고 놀랐었다.

연달아 세 번 유령 같은 소리를 내는 차가 지나간 뒤에 겨우 초록 신호로 바뀌었다. 뽀옥뽀옥, 하는 인공적인 병아리 우는 소리가 머리 위와 횡단보도 건너편에 설치되어 있는 스피커에서도 들려왔다.

횡단보도를 다 건너와서 타스쿠는 오랜만에 입을 열었다.

"역시 흰지팡이를 사용해서 걷는 건 못할 것 같아요."

지금 츠카다 선생님과 함께 걸은 정도도 혼자서는 걸을 수 없을 것 같았다. 주택가는 차량도 사람도 적지만 점자 블록이 설치되어 있지 않고, 점자 블록이 설치된 큰길은 사람도 차량도 많았다. 어느 쪽 길도 어떻게 걸으면 좋을지 전혀 머릿속에 그려지지 않았다.

"할 수 있어."

츠카다 선생님은 오늘도 5월의 바람 같은 상쾌한 목소리로 장담하듯이 말했다.

"여기 점자 블록에서 대각선 오른쪽으로, 다음에 바로 짧은 계단이 있어."

그러고는 아무렇지 않은 듯 가야 할 길을 설명해 주었다.

경사가 높은 계단을 두 칸 올라갔을 때 타스쿠 얼굴 바로 앞에서 뭔가가 움직이는 기척이 느껴졌다. 자동문인 모양이다.

"어서오세요!"

밝은 인사말과 함께 따라따라란, 하고 경쾌한 음악이 쏟아져 나왔다.

"여기가 학교에서 제일 가까운 편의점이야. 수업 끝나고 오면 선배들도 많을걸. 기왕 왔으니까 과자라도 사서 오늘은 이만 돌아가자."

타스쿠가 입구에 가만히 서 있기만 하자, 츠카다 선생님이 팔을 뻗어 타스쿠의 등을 가만히 감싸 주었다.

"괜찮아. 분명히 할 수 있어. 할 수 있을 때까지 연습하면 돼. 언젠가는 할 수 있게 돼. 그러니까 함께 많이 연습하자. 그리고 내가 과자 사 준 건 친구들한테는 비밀이다."

선생님은 타스쿠의 등을 톡톡 부드럽게 두드렸다.

함께 걷고 함께 달리자.

"함께 걷고 달린다고?"

엄마가 낯선 모임 이름을 말했을 때, 후타바는 거실에서 매주 빼먹지 않고 듣는 라디오 방송을 즐기고 있었다.

"말 그대로, 함께 걷고 함께 달리는 모임이야. 후타바처럼 눈이 보이지 않는 사람들과 눈이 보이는 가이드가 함께 짝을 이뤄서 걷거나 달리고 싶어서 모인 거래."

회사에서 옆자리에 계신 분이 알려 주었다고 했다. 모임이 토요일마다 시내에 있는 공원에서 열린다며, 엄마는 조만간 함께 가 보지 않겠냐고 물었다.

후타바가 학교를 쉰 지도 이미 한 달이 넘어가고 있었다. 학교를 가야 한다는 초조한 마음은 물론 있지만 엄마와 떨어져서 생활한다고 생각하면 갑자기 자신감이 사라져 버렸다.

모든 게 다 그 말 때문이었다. 그날 후타바는 알아 버렸다. 장애를 가진 사람은 혼자서 돌아다니면 안 된다고 생각하는 사람도 있다는 것을⋯⋯. 그 말을 들은 순간 자유롭게 다닐 수 있다고 생각했던 세계에 갑자기 장애물이 놓인 기분이었다. 눈이 보이는 사람과 보이지 않는 사람은 살아가는 세계가 다르니까, 이쪽으로 오지 말라고 누군가 문을 닫아 버린 것만 같았다. 후타바는 그날 이후 혼자서는 밖을 나갈 수 없게 되었다. 가끔 나가는 산책도 엄마와 꼭 함께였다. 눈이 보이는 엄마와 함께 있으면 이쪽 세계에 발을 들여도 된다고 허락받은 것 같았다.

후타바는 만난 적도 없는 모임 사람들을 떠올리면서 어떤 사람들일지 혼자서 상상해 보았다.

'좋은 사람들일까?'

후타바가 생각하는 좋은 사람이란, 후타바 같은 사람들에게 나쁜 짓을 하지 않는 사람이다.

후타바는 어떻게 하면 좋을지 중얼거리기만 하고 결론을 내리지는 못하고 있었다. 흔들리는 마음을 단단하게 붙잡아 줄 무엇이 있다면 좋을 텐데 아직은 부족했다.

그 후로도 엄마는 억지로 강요하지는 않는 정도로 모임 이야기를 했다. 5월 연휴를 앞둔 어느 날 후타바는 엄마가 출근한 뒤 몰래 컴퓨터로 조사해 보았다. 겨우 찾아낸 '함께 걷고 달리는 모임' 홈페이지에는 장애인 스포츠라는 단어가 정착하기 훨씬 전부터 30년 정도 활동을 이어오고 있다는 간단한 설명이 있었다. 눈이 보이는 가이드와 시각 장애인 러너가 짝을 이루어 대회에 출전한 이야기도 있었다.

"어떻게 하지······."

결심이 서지 않은 채로, 순식간에 연휴는 끝나 버렸다.

장마가 시작되고, 한참이 지난 어느 날 밤이었다. 엄마는 장화를 새로 샀더니 빗물이 새어 들어오지 않는다며, 이럴 줄 알았으면 진작 새로 살 걸 그랬다며 기뻐했다. 그러더니 갑자기 주제를 바꿔 후타바에게 물었다.

"그건 그렇고 후타바, 요즘 너무 안 움직이는 거 아냐?"

후타바는 뜨끔하면서 식탁 건너편에 앉아 있는 엄마에게 되물었다.

"좀 그런가?"

원래 후타바와 친구들은 학교 체육 시간 외에는 몸을 움직일 만한 기회가 잘 없었다. 오랫동안 운동 부족이었던 데다가 요즘 집 안에서만 지내다 보니 왠지 몸이 무거워진 느낌이었다. 요즘 후타바는 종이접기를 하거나 할아버지가 준 다육식물 돌보기, 좋아하는 아이돌 노래 듣기, 영화 보기, 때때로 점자책을 읽고 엄마와 약속한 시간이 되면 학교에서 준 프린트물을 풀었다. 집에서 혼자서 할 수 있는 일은 전부 한 셈이다.

"후타바가 혼자서도 할 수 있는 간단한 운동을 유튜브에서 찾아 줄까?"

엄마가 보고 있던 잡지를 덮었는지 펄럭, 하는 소리와 함께 작은 바람이 후타바의 앞머리를 날렸다. 하지만 흔들린 건 앞머리만이 아니었다.

"어떤 사람들일까?"

후타바는 들릴 듯 말 듯 아주 작은 소리로 물었다.

엄마가 노트북 컴퓨터 전원을 켜는 소리가 났다. 마치 물새가 우는 소리 같았다.

"어떤 사람들이라니?"

"전에 엄마가 말한 '함께 걷고 달리는 모임' 사람들 말이야. 그 모임 사람들은 나 같은 애들을 불쌍하다고 생각하는 걸까? 불쌍하니까 같이 달려 주자는 마음?"

평소답지 않은 후타바의 모습에 엄마는 일단 노트북 컴퓨터를 닫았다.

"어째서 그렇게 생각하는 건데?"

목소리만으로도 엄마가 후타바의 얼굴을 빤히 들여다보고 있다는 게 느껴졌다.

"그게…… 전에 부딪혀서 넘어졌을 때 말이야, 그 아저씨가 눈도 안 보이면서 돌아다니지 말라고……."

말하는 사이에 후타바의 목소리는 점점 작아졌고, 슬픈 마음은 점점 커졌다. 후타바는 그저 눈이 보이지 않을 뿐이다. 그 밖에는 다른 사람들과 별로 다를 게 없다고 생각해 왔다. 그런데 그렇게 생각하지 않는 사람도 있었다. 그 아저씨의 말은 이쪽 세계로 넘어오지 말라는 뜻이니까. 아마 그 모임 사람들도 실컷 달리거나 밖을 자유롭게 다니지 못하는 후타바를 불쌍하다고 생각할 게 분명했다. 그렇게 생각하자 자기도 모르게 눈물이 흘렀다.

엄마는 상냥한 말투로 말했다.

"그럼 확인하러 가 봐야지."

"확인하러?"

후타바는 눈물을 닦으며 엄마 목소리가 들리는 쪽으로 고개를 돌렸다.

"그 모임 사람들이 어떤 사람들인지 직접 확인하러 가는 거야. 있잖아, 상상력은 괴물 같은 거야. 후타바의 머릿속에 숨어 살면서, 새까만 페인트로 어둡고 무서운 것들로 틈을 다 채워 버리거든. 절대로 거기에 갇히면 안 돼. 그럴 땐 확실히 자기 눈으로, 이 손으로 확인해야 하는 거야."

엄마는 후타바의 손을 꼬옥 잡으며 말했다.

"그래도…….."

'상상하고 있던 것보다도 현실이 훨씬 더 나쁘면 어쩌지?'

후타바는 뒷말을 삼켰다.

"같이 가자. 엄마랑 함께면 후타바도 안심이지?"

"그건 그렇지만…….."

"좋아. 결정했으면 얼른 움직여야지."

엄마는 평소와 달리 후타바의 의견을 두 번 확인하지 않았다.

드디어 '함께 걷고 달리는 모임'을 견학하는 날이 되었다. 후타바는 열사병 예방을 위해서 보리차도 많이 마시고, 모자도 쓰고, 발이 편한 운동화를 신고, 엄마 차로 목적지인 공원으로 향했다.

차에서 내리자 매미 소리가 샤워기 물줄기처럼 쏟아져 내렸다. 마치 폭우가 쏟아지는 소리 같았다. 근처에 야구장이 있는 모양인지 선수를 소개하는 아나운서의 갈라진 목소리가 띄엄띄엄 들려왔다. 장마철이라 순식간에 피부가 축축해졌다.

엄마와 함께 모임 장소인 분수 앞으로 갔다. 모임을 이끄는 이게타 아저씨가 물소리에 지지 않을 정도의 씩씩한 목소리로 맞아 주었다.

"처음 뵙겠습니다!"

이게타 아저씨의 설명에 따르면, 매회 50명 이상의 참가자가 모이는데, 눈이 보이지 않는 사람들로 이루어진 B팀(Blind)과 눈이 보이는 사람들로 이루어진 G팀(Guide)이 있고, 두 팀의 수는 거의 같다고 했다.

"제일 나이 많으신 분은 B팀의 스기모토 영감님이야. 일흔이 훨씬 넘은 기운 넘치는 할아버지지. 제일 어린 친구는 올봄에 들어온 G팀의 고등학생이고."

달리기만을 위해서 나오는 사람도 있고 가볍게 산책만 하고 싶어 나오는 사람도 있다고 했다. 함께 달리고 싶다면 미리 자기 기록을 알려 줘야 했다. 그래야 달리려는 목적과 실력이 비슷한 사람끼리 짝이 될 수 있기 때문이다.

"그래서, 후타바는 오늘 어떻게 하고 싶어?"

아저씨의 질문을 듣고, 후타바는 조금 놀랐다. 오늘은 설명만 듣고 돌아갈 거라고 생각했기 때문이다.

엄마도 후타바에게 물었다.

"기왕 나온 거니까, 한번 걸어 볼래?"

"체험해 보겠다고 하면 베테랑을 짝으로 붙여 줄게. 어머니도 어머니대로 시각 장애인과 함께 걷는 방법을 한번 배워 보세요. 어려운 규칙이 있는 건 아니지만 처음에는 가벼운 교육을 받게 되어 있거든요."

이게타 아저씨의 말이 끝나자, 언제부터 옆에 서 있었는지 낯선 목소리가 들렸다.

"갑자기 모르는 사람이랑 걷는 건 좀 그런가? 그래도 잠깐만 해 보지 않을래? 여기서 어머니가 보고 계실 테니까."

전혀 눈치채지 못하고 있었는데 엄마와 이게타 아저씨 외에 다른 사람도 있었던 모양이다. 이케타 아저씨가 함께 걷기의 전문가라며 소개해 주었다. 이름은 쿠매 씨라고 했다.

잠깐이라면 괜찮지 않을까 싶었고, 엄마가 옆에서 보고 있을 거라는 말에 마음이 놓였다. 후타바는 쭈뼛거리며 대답했다.

"그럼 잠시만……."

쿠매 씨는 바로 후타바의 손에 웬 줄을 쥐어 주었다.

"이걸 잡아 봐. 이건 고리라고 부르는데, 두 사람이 함께 걷거나 달릴 때 시각 장애인과 가이드가 함께 이 고리를 맞잡고 달리는 거야. 그럼 가 보자. 시작!"

쿠매 씨는 말을 마치고 바로 걷기 시작했다.

붙잡고 있던 고리에 당겨지듯이 발이 앞으로 나아갔다. 정신을 차리고 보니 후타바도 함께 속도를 맞추어 걷고 있었다. 이번에는 쿠매 씨가 팔을 크게 흔들었다. 그러자 고리에 당겨지듯 후타바의 팔도 앞뒤로 크게 움직이기 시작했다.

"이 고리를 통해서 상대방의 움직임이 전해질 거야. 묘한 느낌이지?"

"조금…….""

"흰지팡이나 도움을 받으면서 걷는 것보다 걷기 쉽다고 하는
분들도 있어. 후타바는 젊으니까 금세 요령을 터득할 거야."

쿠매 씨 말 대로였다. 조금 걸어간 다음 되돌아갈 때는 어느새
익숙해져서 처음보다는 쿠매 씨와 박자를 맞춰서 걷기 쉬웠다.
흰지팡이나 다른 사람의 팔꿈치를 잡고 걸을 때는 팔을 자유롭
게 움직일 수 없었다. 하지만 고리를 잡고 걸으면 의외로 자유롭
게 양손을 흔들 수 있다는 점이 좋았다.

"자, 오늘은 이걸로 끝!"

이어서 이게타 아저씨가 고리의 소재나 두께, 길이는 자유이
지만, 가이드는 반드시 시각 장애인보다 반걸음 뒤에서 걷는 것
이 규칙이라고 설명해 주었다.

"특히 반걸음 뒤에 물러나 있어야 한다는 규칙은 시각 장애인
마라톤 대회에 나갈 경우 반드시 지켜야 하는 규칙이니까 기억
해 둬. 알겠지?"

함께 달리는 가이드가 조금이라도 앞으로 나와서 시각 장애인
선수를 당기거나 아니면 뒤에서 등을 밀어 주는 것이 목격되면
바로 실격이라고 했다.

엄마가 간단한 교육을 끝내고 돌아오자, 쿠매 씨가 쉬는 곳으
로 안내해 주었다. 마음 편히 쉴 수 있도록 바닥에 비닐을 깔아

두었다고 했다. 어쩐지 아래에서 즐거운 비닐 소리가 올라왔다. 여기에 오면 음료와 과자도 받을 수 있었다.

"시원한 음료수 어떠세요?"

엄마가 당황하며 거절했다.

"아니에요. 괜찮아요."

"거절하실 거 없어요. 오늘 너무 덥잖아요. 제대로 수분 공급을 해야 한다고요!"

"그럼…… 그럴까요?"

"다음에 오실 때는 자기 컵을 가지고 오시면 더 좋아요."

마치 후타바가 다음에도 나올 걸 다 알고 있다는 듯한 말투로 차가운 음료가 든 종이컵을 건네주었다. 이런 식으로 때때로 쉬어 가면서 대체로 오전 9시 반에서 11시 반까지 각자 짝이 된 사람들과 함께 걷거나 달린다고 했다. 짝은 고정되지 않고 매번 다른 사람과 짝이 된다고 했다.

"분명히 깜짝 놀랄 거야. 짝에 따라서 걷는 방법이 완전히 달라지거든."

쿠매 씨가 소란스러운 말투로 그렇게 말하자, 곁에서 "그래, 맞아.", "정말 그런 거 같아." 하고 동의하는 목소리가 들려왔다.

"본격적으로 시작할 거면 우선은 자기 전용 고리를 준비해 두는 편이 좋아요."

처음 듣는 목소리의 남자분이 조언해 주었다.

모임 사람들의 이야기를 들어 보니, 고리는 얇은 편이 쥐고 있기 쉬워서 좋다는 사람과 두꺼운 것이 안정감이 있어서 편하다고 하는 사람으로 의견이 갈렸다. 고리의 크기도 사람에 따라 제각각 호불호가 있었다.

음료수를 다 마신 뒤에 엄마가 마지막 인사를 했다.

"오늘 정말 여러 가지로 감사했습니다."

"언제 한번 같이 걸어요."

"더위 조심 하시고요."

"그럼 다음 주에 봬어요!"

계속해서 몇 개의 목소리가 날아왔다.

돌아오는 길에 엄마는 후타바에게 물었다.

"어땠어?"

"모두 좋은 사람들 같았어."

누구도 후타바의 눈이 언제부터 보이지 않았던 건지, 얼마나 보이지 않는 건지 같은 개인적인 일은 물어보지 않았다. 후타바의 눈이 어떤 상태이든 참가하는 것은 자유라고 말해 주는 것 같았다. 게다가 역시 밖에 나오니 기분이 좋아졌다. 눅눅한 여름 공기도, 피부에 꽂히는 것 같은 햇살도, 시끄러운 매미 울음소리도, 얼굴 가까이에 모기가 다가오는 소리까지 기분 좋은 자극이

되었다. 무엇보다 오랜만에 양쪽 팔을 흔들면서 걸을 수 있어서
정말 기분이 좋았다.

"엄마랑 함께라면 또 가도 좋을 것 같아."

"그럼, 결정 났네!"

엄마가 운전석에서 밝은 목소리로 말했다.

흰지팡이를 들고
걷는다는 것

흰지팡이 수업이 있는 금요일은 특별 활동 참여가 자유였다. 주말을 가족과 보내기 위해 집으로 돌아가는 학생들도 있기 때문이다. 지금까지의 타스쿠였다면 기숙사 방에서 과자를 먹으며 좋아하는 음악을 틀어 놓고 숙제를 했을 것이다. 그렇지만 츠카다 선생님과 첫 수업을 한 오늘은 조금 달랐다. 타스쿠는 선생님이 사 준 젤리 봉투를 뜯으려다 멈칫했다.

"다들 뭐 하고 있을까?"

문득 같은 반 친구들이 궁금해졌다. 히카루는 사쿠라이와 같은 시각 장애인 탁구부였고, 마이바라는 합창부, 야구치는 밴드부, 쿠리타는 타스쿠와 같은 플로어 배구부다. 그 밖에도 특별 활동은 육상, 축구, 장기, 영어, 수학 등이 있었다. 구기 종목 스포츠가 많은 이유는 공 안에 종을 넣고 소리에 의지해서 경기를 할 수 있기 때문이다. 각 부에 따라서는 다른 시각지원학교와 교류 시합이나 지역 대회 우승을 목표로 연습에 열중하기도 했다.

"젤리 좋아할까? 선생님이 사 준 거라고 말 안 하면 상관없겠지?"

타스쿠는 혼잣말을 하면서 주머니에 젤리 봉투를 집어넣고 방을 나왔다. 복도로 나와 오른쪽으로 곧장 벽을 따라서 걸어갔다. 기숙사에는 일인실과 다인실이 있다. 타스쿠와 쿠리타는 일인실, 히카루는 다른 선배와 함께 사용하는 다인실을 썼다.

타스쿠는 두 번째 문 앞에서 발을 멈추고 문을 두드리며 쿠리타를 불렀다. 어쩌면 특별 활동에 갔을지도 모른다고 생각했는데 대답이 금세 돌아왔다.

"왠일이야, 타스쿠?"

"젤리 같이 먹을래?"

문 앞에 서서 기다리고 있는데 타스쿠의 방과는 확연히 다른 냄새가 열린 문틈 사이로 확 풍겨왔다.

"타스쿠가 내 방까지 오다니 별일이네!"

"바빴던 건 아니지?"

"아니야, 들어와. 바닥 조심하고."

그 말에 타스쿠는 허둥지둥 뒤로 물러섰다.

"혹시 바닥이 지저분한 거야?"

"사실은 전에 압정을 떨어뜨렸거든."

"진짜?"

쿠리타가 장난스레 웃으며 말했다.

"농담이야. 근데 빨래집게 하나가 행방불명이야. 아마 어딘가 떨어져 있을 거야. 야구치도 꽃다발을 말리려고 창문에 매달아 두었는데 없어졌대."

"무섭다. 누가 방에 있는 거 아니야?"

"그럴지도 모르지."

잃어버린 물건을 잘 찾지 못하는 일은 눈이 보이지 않는 사람들에게는 흔한 일이다. 바닥에 떨어뜨린 물건은 웬만해서는 찾을 수가 없다.

타스쿠가 말했다.

"나중에 마이바라한테 찾아 달라고 해."

"그래야겠지."

쿠리타의 발소리를 따라서 발을 끄는 느낌으로 신중하게 방 안으로 들어갔다. 방에는 침대와 책상, 책장, 옷장뿐이다. 천장 쪽에도 수납장이 있다고 듣기는 했는데, 처음 기숙사에 들어올 때 엄마가 짐을 넣어 준 뒤로 타스쿠는 전혀 손댄 적이 없다. 위쪽에서 물건이 떨어지면 위험하기도 하고, 쿠리타의 빨래집게처럼 행방불명이 될 가능성이 높기 때문이다.

쿠리타가 침대에 앉는 소리가 들렸다.

"여기 앉아."

같은 기숙사니까 구조도 같고 놓여 있는 가구도 같을 텐데, 타스쿠의 방에 비해서 들어오는 빛의 양이 적은 것 같았다. 풍기는 냄새도 달라서 전혀 다른 장소에 와 있는 기분이 들었다.

"그래서 무슨 일인데?"

타스쿠가 침대에 앉자마자 쿠리타가 물었다.

연휴 때, 친구들과 채팅을 자주 한 뒤로 학교에 와서도 쉬는 시간에 가볍게 이야기하는 사이가 되었다. 처음 같은 반이 되었을 때와 비교하면 훨씬 친해졌다. 이젠 친구라고 해도 괜찮을 것 같았다. 그렇지만 이런 식으로 친구 방에 훌쩍 놀러 온 건 처음이라 타스쿠는 쿠리타가 용건을 물어보자 갑자기 당황스러웠다. 뭔가 모르게 쿠리타도 평소와는 달리 어색해하는 것 같았다.

타스쿠는 차라리 이 어색하고 진지한 상황을 이용하는 것은 어떨까, 하는 생각이 들었다. 그래서 후타바 이야기를 해 보기로 했다. 이전부터 때를 봐서 언젠가는 친구들에게 이야기해야겠다고 생각했었다. 타스쿠는 후타바에게 지난 3월에 무슨 일이 있었는지, 그리고 그 뒤로 후타바는 괜찮다는 답장 외에는 아무런 연락이 없다는 것과 덩달아 그 일 이후로 타스쿠 자신도 흰지팡이를 드는 것이 무서워졌다고 말했다. 친구들과 패스트푸드점에 갔던 날도 그래서 자기가 흰지팡이를 가지고 가지 않았던 거라는 이야기까지 했다.

좋은 기회라는 생각에 이 이야기 저 이야기 다 털어놓다 보니 내용이 정리가 안 되는 것 같은 느낌도 들었지만, 뿌옇게 흐려져 있던 것들을 전부 토해 낸 기분이었다.

쿠리타는 타스쿠의 이야기를 가만히 다 들은 뒤에 말했다.

"그 일을 히카루랑 마이바라는 알고 있어?"

"모를 것 같은데, 아마 사쿠라이랑 다른 애들도 모를 것 같아."

"이야기하지 않을 거야? 사쿠라이는 다른 애들보다 백배는 말을 잘하잖아. 좋은 조언을 해 줄지도 몰라. 또래 여자아이기도 하고 말이야. 나보다는 그 애의 마음을 더 잘 알지 않겠어?"

역시 쿠리타는 이성적이다.

"정말 그렇겠다. 다음에 보면 바로 이야기해야겠다."

타스쿠는 특별 활동을 마치고 돌아온 히카루를 복도에서 만나 쿠리타에게 이야기한 것과 똑같이 이야기했다. 기숙사에 없는 마이바라에게는 전화로 이야기했다.

저녁 식사 시간에는 사쿠라이와 야구치에게도 이야기했다. 타스쿠의 말을 다 들은 뒤에 사쿠라이는 탁, 하고 소리 내어 젓가락을 내려놓더니 평소답지 않게 침착한 말투로 말했다.

"그런 일이 있었다니 진짜 몰랐어. 그래서 후타바가 계속 학교에 안 나오고 있는 거구나."

"우리 동네 친구도 지하철에서 누가 엉덩이를 만졌나 봐. 그 애도 그 일 이후로 학교에 안 나온대."

야구치의 말에, 사쿠라이가 "최악이야." 하고 말했다.

야구치가 이어 말했다.

"만약에 그런 일을 당한 게 나였다면, 나라도 밖에 나오는 게 무서워졌을 것 같아. 계속 집에만 있으면서 엄마 옆에서 떨어지고 싶지 않을 거야."

"그렇지만 그런 녀석 때문에 학교를 못 나오는 것도 분하지 않아?"

그렇게 말하는 사쿠라이를 보면서 역시 강하다고 생각했다.

히카루가 밝은 목소리로 갑자기 뜬금없는 소리를 했다.

"나는 '불쌍해라 할머니'를 만난 적 있어!"

쿠리타가 되물었다.

"그건 또 뭐야?"

"내 옆에 와서는 '눈이 안 보인다니 아이고, 불쌍해라.' 하고 계속 말하는 거야."

"계속?"

그 자리에 있던 모두가 거의 동시에 물었다.

"그래, 내가 무시하고 그냥 걸어가니까 따라오면서 '얼마나 불쌍해. 정말 불쌍하다. 아유, 어쩜 불쌍하기도 하지.' 이러는 거야. 점점 짜증이 나서 '그렇게 불쌍하지 않거든요!'라고 했더니, '그래?' 그러고는 가 버리더라."

"뭐야 그게!"

이번에도 모두가 같은 타이밍에 화를 냈다.

야구치도 갑자기 생각난 듯 말했다.

"아! 나도 '제삼의 눈 아저씨'를 만난 적 있어."

"그건 또 뭐야?"

"내가 눈이 안 보인다는 걸 눈치채고는, 너는 '눈 대신에 마음 속 제삼의 눈이 있어.' 그러던데. 그런 사람 몰라?"

"아, 그런 사람들 있어, 있어!"

이번에도 모두가 입을 모아 말했다.

사쿠라이가 말했다.

"좀 짜증나지!"

쿠리타가 결론을 내리듯 말했다.

"애초에 그런 눈, 필요도 없고."

타스쿠도 예전에 비슷한 소리를 들은 적이 있다. 그 사람은 힘내라고 말하고 싶었던 건지도 모르지만 그다지 기분 좋은 기억은 아니었다.

히카루가 씁쓸한 듯 말했다.

"엄마한테 말했더니, 세상에는 이상한 사람들도 있으니까 일일이 신경 쓰지 말라고 하시더라."

"그게 마음대로 되나 뭐."

쿠리타가 뒤따라 말했고 야구치도 동의했다.

"맞아. 신경 쓰지 말라고 해도 신경 쓰이는걸."

사쿠라이가 평소답지 않게 마음 약한 소리를 했다.

"이런 얘기들 들으면, 무슨 일이 생겼을 때 눈이 보이는 다른 사람에게 도움을 청할 수 없을 것 같다는 생각이 들지 않아? 뭔가 이해받지 못할 것 같다고 해야 하나, 그런 것 말이야."

히카루가 어이없을 정도로 밝은 목소리로 대꾸했다.

"그래? 하지만 눈이 보이는 사람 중에 좋은 사람들도 많아!"

"히카루 같은 타입이 우주 최강인 것 같아."

쿠리타의 말에 모두가 한꺼번에 웃었다.

타스쿠는 친구들이 시끌시끌하게 떠드는 소리를 평온한 마음으로 듣고 있었다.

"타스쿠?"

한동안 입을 다물고 있던 탓에 오늘도 히카루에게 생존 확인을 받았다.

"있어, 있어. 여기 있어!"

자신도 모르게 허겁지겁 대답하니 모두가 웃었다.

쿠리타가 말했다.

"타스쿠는 가끔씩 있는지 없는지 알 수가 없다니까."

"나는 요즘 타스쿠의 호흡 소리로 확인하려고 한다고!"

히카루의 말에 다들 즐겁게 웃었다.

웃음소리가 잦아들기를 기다렸다가 타스쿠는 처음부터 묻고 싶던 질문을 했다.

"후타바를 위해서 너희들이라면 뭘 해 주고 싶어? 뭔가 해 주고 싶은데 뭘 어떻게 하면 좋을지 모르겠어."

사쿠라이가 제일 먼저 말했다.

"이야기를 들어 주는 게 제일 좋을 것 같은데, 지금 전화를 안 받는 거지?"

타스쿠가 조그맣게 대답했다.

"전원이 꺼져 있는 것 같아."

야구치가 말했다.

"얼른 범인이 잡히면 좋을 텐데."

히카루도 한마디 했다.

"등교하면 내가 학교 안을 다 안내해 줄 거야. 앗, 잠깐만 후타바가 이 학교는 더 잘 알겠구나."

타스쿠는 마치 자기 일처럼 걱정해 주는 이 아이들이 참 좋은 녀석들이라고 생각했다.

그때 쿠리타가 말했다.

"종합적으로 생각해 보면 역시 흰지팡이가 중요한지도 몰라."

타스쿠가 의아해하며 물었다.

"거기서 흰지팡이가 왜 나와?"

"들어 봐. 타스쿠가 지금 힘든 건 연락이 안 되기 때문 아니야? 네가 흰지팡이를 사용할 수 있게 되면, 후타바 집에 직접 갈 수 있잖아. 전화가 안 된다면 직접 찾아가는 수밖에 없다고 생각하는데."

타스쿠는 맥 빠진 목소리로 답했다.

"그렇구나."

저번 수업 때, 후타바의 동네까지는 수업 시간 안에 갔다 올 수 없다는 츠카다 선생님의 말을 듣고 완전히 포기하고 있었다. 그런데 다시 생각하니 쉬는 날에 가는 것은 가능할 것 같았다. 범인을 잡기 위해서 가는 것이 아니라 후타바를 만나기 위해서 가는 거라고 생각하니, 타스쿠는 오랜만에 마음이 환하게 밝아진 기분이 들었다.

그때 야구치가 불쑥 말했다.

"근데 흰지팡이는 옛날부터 계속 있던 거잖아? 전화는 핸드폰으로 발전했는데, 어째서 흰지팡이는 그대로 흰지팡이인 걸까?"

야구치는 약시라서 조금은 볼 수가 있다. 그러니까 타스쿠나 다른 친구들처럼 완전히 불편하지는 않을 거다. 그렇지만 야구치가 무슨 말을 하고 싶은 건지 알 것 같았다. 아무리 시대가 변해도 시각 장애인의 보행 수단에는 거의 변화가 없다는 것이, 마치 이 사회에서 뒤로 밀려나 홀로 남겨진 느낌이다. 과학이 발전하고 세상이 아무리 편리하게 바뀌어도 그것을 누리는 건 눈이 보이는 사람들뿐이다. 장애인들의 안전이나 불편 사항들은 두 번째, 세 번째로 자꾸만 뒤로 밀려 버린다.

그때 히카루가 큰 소리로 말했다.

"나 뭔가 떠오른 것 같아! 점자 블록에 강한 자석을 넣는 거야. 그리고 흰지팡이 끝에도 자석을 넣어서 흰지팡이가 점자 블록을 찾아가 붙으면 좋을 것 같지 않아?"

사쿠라이도 이어 말했다.

"기왕 바꿀 거면 소리가 나게 했으면 좋겠어. 핸드폰 지도 어플이랑 연동시켜서 점자 블록에서 흰지팡이가 벗어나면 경고음으로 알려 주는 거지. 지금도 지도를 소리로 들려주는 어플은 있지만, 모든 길에 사용할 수 있는 건 아니니까 말이야. 우리 동네에서는 사용할 수가 없거든."

"신호등 쪽에 핸드폰을 가져다 대면 신호를 알려 주는 건 어때? 언제까지 자동차 엔진 소리만으로 어느 쪽 길이 초록 신호인지 확인해야 하는 거냐고. 진짜 누가 과학의 힘으로 어떻게 해 줬으면 좋겠어."

웬일로 쿠리타도 투덜거렸다.

히카루가 이야기를 본래 주제로 되돌렸다.

"자, 그러니까 타스쿠는 오늘 밤부터 흰지팡이를 안고 자면 되는 거 아니야?"

"왜?"

"애착이 생기면 흰지팡이로 걷는 걸 더 잘하게 될지도 모르잖아."

히카루의 대답에 여기저기서 웃음이 터졌다. 오늘 친구들과 이야기하며 타스쿠의 고민이 다 해결된 것은 아니지만 서로 경험이나 감정들을 나누는 것만으로 기분이 시원해졌다. 게다가 친구 이상의 동료라는 느낌이 강해졌다. 타스쿠는 모두와 마음의 거리가 한결 가까워진 기분이었다.

기분 좋게 목욕을 하고 나온 타스쿠는 콧노래를 부르면서 방으로 돌아와 오랜만에 후타바가 좋아하던 아이돌 노래를 틀었다. 예전에 후타바가 이 아이돌을 만나러 가겠다며 학교를 빠져나가려고 했던 적이 있었다. 아마 초등학교 4학년 때일 것이다. 쉬는 시간에 아침 드라마 주제가를 기분 좋게 부르고 있던 후타바가 갑자기 말했다.

"이 사람들 만나고 싶다."

"이 사람들이라니?"

타스쿠는 설마하면서 물었다.

"당연히 이 노래를 부른 아이돌 말이야."

후타바는 이렇게 귀여운 목소리로 노래하는 걸 보면 분명히 얼굴도 행동도 전부 귀여울 거라고 말했다. 만약에 만나게 된다면 무대 의상을 만져 봐도 되냐고 물어보고 싶다고 했다.

"노래 잘 듣고 있다고 인사하고 앞으로도 응원할 거라고 말하는 거야. 아, 악수도 하면 좋겠다!"

꿈 같은 소리를 하는 후타바에게 타스쿠는 차갑게 말했다.

"연예인이야. 쉽게 만날 수 있을 리가 없잖아."

"우리 엄마가 그러는데, 이 사람들만 사용하는 전용 무대가 있대. 거기에 가면 만날 수 있을 거야. 앗! 오늘 오후는 그냥 자습이지?"

"설마 자습 시간에 가겠다는 거야? 학교를 몰래 빠져나가서?"

"너도 같이 가자."

타스쿠는 태연하게 권하는 후타바의 말에 놀라움을 넘어서 어처구니가 없었다.

"어떻게 갈 건데? 1층 정문이 교무실 옆이라고."

학교를 나가려면 일단 복도를 지나가야 했다. 그러면 옆 교실

유치부 선생님에게 금세 들킬 게 분명했다. 운 좋게 본관 건물을 나선다고 하더라도 교문에는 경비원 아저씨도 있으니, 어디에서든 누군가에게든 들킬 게 분명했다.

"그러면 발코니*로 나갈까?"

타스쿠는 얄밉게 말했다.

"네 맘대로 가 봐라. 분명 들켜서 혼나겠지만."

타스쿠는 일부러 '혼난다'는 말에 더 힘을 실어서 말했지만, 후타바에게는 전해지지 않은 것 같았다.

그날 오후, 진짜로 후타바는 교실을 빠져나갔다. 물론 타스쿠의 예상대로 운동장에서 유치부 선생님한테 들켜서 금세 교실로 돌아왔다. 선생님에게 따끔하게 한 소리 듣고 있는 후타바를 신경 쓰지 않는 척하면서, 타스쿠는 속으로 '그러니까 내가 관두라고 했지.' 하고 생각했다.

선생님이 교실에서 나가고 둘만 남게 됐을 때, 후타바는 밝은 목소리로 작게 말했다.

"엄청 재미있었어! 타스쿠도 같이 갔으면 좋았을 텐데!"

그 목소리에 몹시 생기가 넘쳐서, 오히려 타스쿠가 함께 가지

일본은 습한 날씨와 잦은 지진 위험으로, 많은 사람이 이용하는 학교 건물에 비상시를 대비해 교실의 창문 쪽을 따라 발코니를 만드는 경우가 많다.

않은 것이 후회되었을 정도였다.

그날 일을 떠올리자, 타스쿠는 자연스럽게 웃음이 나왔다. 운동장까지밖에 못 갔으면서 후타바는 하루 종일 놀이공원에서 놀다 온 사람처럼 신난 목소리였다.

그때 스피커에서 '인생은 종이비행기, 소원을 싣고 날아가.' 하고 가볍게 노래하는 목소리가 들려왔다. 노래 가사를 들으니 가슴속에서 뜨거운 것이 차올랐다.

"좋아, 결정했어!"

소리 내서 말하자 더욱 확실한 결심이 섰다. 후타바에게 가고 싶었다. 그러기 위해서 지금 해야 하는 건, 츠카다 선생님과 흰지팡이 보행 연습을 하는 일이 먼저였다. 타스쿠는 창가로 걸어가서 힘차게 커튼을 젖혔다. 차가운 밤공기를 피부로 느끼면서 어쩌면 반짝이고 있을지도 모를 별을 향해 다짐했다.

"결정했어. 나 결정했다고. 제대로 흰지팡이 수업 들을 거야. 그래서 후타바가 있는 곳에 갈 거야. 반드시!"

타스쿠는 핸드폰을 열어 '흰지팡이 연습 열심히 하기로 했어!' 하고 후타바에게 문자를 보냈다.

일주일 뒤, 지금까지 거의 흰지팡이를 사용해 본 적이 없는 타스쿠에게 츠카다 선생님은 흰지팡이를 제대로 잡는 방법부터 가르쳐 주었다.

"우선 오른손으로 흰지팡이 손잡이를 가볍게 쥐는 거야. 그때 집게손가락은 땅을 향하도록 뻗은 채로 흰지팡이 위에 나란히 붙여. 그대로 배꼽 위치에서 왼손과 맞잡아 봐."

타스쿠는 천천히 선생님이 말하는 대로 해 봤다.

"거기가 네 몸의 중심이야."

눈이 보이는 사람들에게 몸의 중심을 의식하는 일 정도는 간단한 일이다. 좌우를 구분하는 것도 마찬가지다. 자기 몸을 정중앙으로 나눠서 이쪽이 왼쪽이고 반대쪽이 오른쪽이라는 식으로 생각하면 쉽다. 하지만 자기 자신이라는 존재를 눈으로 확인할 수 없는 타스쿠와 친구들은 여기가 몸의 중심이라고 계속 인식하지 않으면 중심이나 좌우라는 감각을 가지기 힘들었다.

"지금부터 항상 네 몸의 중심을 의식하면서 흰지팡이를 드는 거야. 이제 흰지팡이를 들고 있지 않은 왼손은 놓아 볼까."

타스쿠가 왼손을 풀자 츠카다 선생님이 흰지팡이 각도를 조금 바로잡아 주었다. 지팡이 끝과 땅이 직각으로 만나는 것이 아니라 지팡이가 비스듬하게 앞으로 나아간 느낌이었다. 흰지팡이를 들고 있는 오른손은 배꼽 높이쯤에서 몸에서 조금 떨어뜨려 앞으로 살짝 뻗은 채로 유지해야 했다.

"이 자세를 기억하도록 해."

"알겠습니다."

흰지팡이는 팔 전체로 흔드는 것이 아니라, 손목을 이용해서 일정한 리듬으로 자신의 어깨 넓이를 의식하면서 흔드는 것이 중요하다고 했다.

"좌우 어느 한쪽으로든 흔드는 폭이 커지면 얻을 수 있는 정보가 그쪽으로 치우치게 되겠지?"

그저 흔들기만 하면 되는 게 아니었다. 츠카다 선생님은 우선은 똑바로 서서 올바른 자세로 양쪽 똑같은 너비로 흰지팡이를 흔드는 연습부터 하라고 했다. 선생님은 타스쿠의 등 뒤쪽으로 와서 팔을 뻗어 흰지팡이를 쥐고 있는 타스쿠의 손을 맞잡았다.

"지금부터 흰지팡이를 사용하는 방식을 알려 줄게. 먼저 터치 방식이야."

선생님은 흰지팡이를 쥐고 있는 타스쿠의 손을 직접 쥐고 움직여서 흰지팡이로 탓, 하고 양쪽 땅을 번갈아 가며 두드렸다.

"다음은 슬라이드 방식."

이번에는 스―윽, 하고 흰지팡이 끝을 땅에 붙인 채로 반원을 그리는 듯한 느낌으로 움직였다.

"마지막으로 터치 슬라이드 방식이야. 지금 보여 준 두 가지를 함께 사용하는 거지."

츠카다 선생님은 탓, 스―윽, 하고 반복했다.

이 중에서 제일 안정감이 있는 것은 흰지팡이를 계속 땅에 대고 있는 슬라이드 방식이라고 했다. 흰지팡이가 땅에 오래 닿아 있는 만큼 얻을 수 있는 정보도 많다고 했다.

"하지만 계속 땅에 닿아 있으니 금방 지쳐."

대체 어떤 느낌일까? 궁금해하고 있는데, 츠카다 선생님이 말했다.

"백문이 불여일견이지. 한번 해 봐."

타스쿠는 오늘 처음 배운 슬라이드 방식으로 우선 운동장을 걸어 보기로 했다. 조금 걸었을 뿐인데 깜짝 놀랐다. 아스팔트로 되어 있어 평평할 거라고 생각한 학교 운동장은 울퉁불퉁한 작은 것들이 굉장히 많았다. 흰지팡이 끝부분에 작은 것들이 자꾸만 걸렸다. 그때마다 찌릿하고 손목에 진동이 느껴졌다. 진동 때문에 손잡이를 더 힘주어 잡자, 이번에는 손바닥에 쥐가 날 것 같았다. 학교 안에서 이 정도인데 일반 길에서는 얼마나 많은 진동이 느껴질까 싶었다.

타스쿠는 끊임없이 전해져 오는 진동 속에서 순간적으로 필요한 정보와 그렇지 않은 정보를 판단하는 일도 제법 어렵겠다는 생각이 들었다. 츠카다 선생님이 말한 대로 지치는 것은 손목만은 아니었다.

"어때? 내가 말한 의미를 알 것 같아? 마지막으로 터치 방식도 한번 해 볼까? 흰지팡이의 끝부분이 왼쪽에 있을 때는 오른발을,

오른쪽에 있을 때는 왼발을 앞으로 내미는 거야."

"흰지팡이가 왼쪽에 있을 때는 오른발을 내미는 거니까, 어?"

머리로는 알고 있는데 몸이 생각대로 움직여 주지 않았다.

"흰지팡이가 왼쪽에 있으니까 발은 오른쪽, 오른쪽, 오른쪽! 어라?"

타스쿠가 작은 목소리로 중얼거리면서 몇 번이고 다시 해 보고 있을 때, 츠카다 선생님이 다가오는 기척이 느껴졌다.

"익숙해질 때까지는 제법 힘들 거야. 잠깐 잡을게."

선생님은 가만히 타스쿠의 오른손을 잡고 타스쿠가 걷는 걸음에 맞춰서 흰지팡이를 적절히 좌우로 두드렸다. 츠카다 선생님은 조금 걸어간 뒤에 손을 놓으면서, 걷다가 갑작스러운 상황에 당황했을 때도 올바른 자세를 유지하는 게 중요하다고 했다.

"어떤 경우에도 자세가 무너지면 의미가 없는 거니까."

익숙해지면 길의 상황이나 지나다니는 사람들의 많고 적음에 따라 지금 배운 세가지 방법을 제각각 나눠서 사용하는 것이 제일 좋다고 했다.

지금까지 타스쿠는 주변 사람들에게 의지하기만 했을 뿐 제대로 흰지팡이를 사용한 적이 없었다. 어느 정도는 예상하고 있었지만 흰지팡이를 들고 스스로 걷는 것은 상상했던 것보다 훨씬 힘들었다. 개인차가 있다고는 하지만 올바른 자세를 익히는 것

만으로도 열 시간 정도는 흰지팡이를 흔드는 연습만 해야 한다
고 했다.

"열 시간이나?"

보행 수업은 일 년에 서른다섯 시간 정도였다. 평균으로 따지
면 한 달에 세 번 꼴이다. 그중에 열 시간을 기본 연습에 쓴다면,
그대로 1학기가 끝나 버린다. 그러면 후타바를 만나러 갈 수가
없다. 타스쿠는 차오르는 한숨을 삼켰다. 그리고 한숨을 쉬는 대
신에 오월의 상쾌한 공기를 가슴 가득히 들이마시고 우선은 지
금 할 수 있는 일을 하자고 결심했다.

5월 마지막 주에 치러진 중간고사에서는 어느 과목 할 것 없이
그저 그런 결과였다. 특히 심했던 과목은 화학이었다. 시험 문제
를 푸는 시간이 유난히 짧다고 생각했는데, 한 명씩 화학실로 가
서 가스버너에 불을 붙이는 실기 시험을 봤다. 그 결과, 반에서
유일하게 타스쿠만 불합격을 받아 버린 것이다.

타스쿠는 성냥으로 불을 붙이는 것은 이제 익숙해졌지만 가스
버너는 아무래도 힘들었다. 금속으로 되어 있어서 뭔가 위압감
을 주기도 하고 가스가 뿜어져 나올 때 소리도 무서웠다. 엄청난
위력으로 불이 뿜어져 나오고 있다고 생각하면 자기도 모르게
흠칫했다. 그러나 가장 큰 원인은 타스쿠가 양손을 제대로 사용
하지 않기 때문이라고 마츠키 선생님이 말했다.

"양손을 사용하면 타스쿠의 세계는 훨씬 더 넓어질 거야."

마츠키 선생님께 손을 사용하는 방법으로 주의를 받은 것이 벌써 몇 번째일까? 평소에는 겨울이 끝나가는 봄날 같은 목소리로 말하는 마츠키 선생님이지만, 진지한 이야기를 할 때는 계절을 거슬러 올라가 겨울 그 자체라는 느낌이 든다. 지금 선생님의 목소리는 완전히 겨울이었다. 그것도 한겨울. 그렇지만 타스쿠는 어째서 꼭 양손을 사용해야 하는지, 세계가 넓어진다는 것이 어떤 의미인지 그다지 이해가 되지 않았다. 납득이 안 간다는 마음이 표정으로 다 드러났을지도 모른다. 마츠키 선생님은 타스쿠를 잘 타이르듯이 조용한 목소리로 말했다.

"시각지원학교에서는 불이나 약품을 사용하는 화학 실험 자체가 위험하다고 생각하는 사람도 있어."

실제로 선생님이 말로만 설명하고 화학 수업을 끝내거나, 선생님이 직접 실험하고 학생들은 그저 듣기만 하는 시각지원학교도 드물지 않다고 했다. 시각지원학교에서 일반 대학으로 진학하는 경우에도 실험이 필수가 되는 약학부나 이과 계열은 수험 기회를 얻는 데까지 몇 년이나 걸렸다고 했다.

선생님은 분명한 목소리로 이어 말했다.

"위험하다는 이유로 해 볼 기회조차 주지 않는 것은 잘못됐다고 생각해. 위험하면 조심히 다루면 되는 거야. 불도 약품도 다루는 방법만 틀리지 않는다면 괜찮아. 눈이 안 보이니까 실험을 한다고 해도 의미가 없다니, 선생님은 그렇게 생각하지 않아. 너희들에게도 화학의 재미를 실험을 통해서 꼭 알게 해 주고 싶어. 타스쿠는 어떻게 생각해?"

지금까지 타스쿠와 가스버너의 궁합은 최악이었다. 그렇지만 친구들과 함께 수업을 못 듣는 건 생각만 해도 싫었다. 장애인이라서 실험도 못 할 거라 단정 짓고 애초에 기회도 주어지지 않는다니 그건 최악이라고, 타스쿠도 느리지만 자기 생각을 조심스럽게 말로 전했다. 그러자 마츠키 선생님의 목소리가 조금은 봄에 가까워졌다.

"그렇다면 결정 났네. 확실하게 복습해서 내일 수업이 모두 끝난 뒤에 추가 시험이다."

오늘이 바로 추가 시험을 보는 날이다. 타스쿠는 미닫이문을 밀어 열면서 인사했다.

"실례합니다."

먼저 와 있던 마츠키 선생님이 실험대를 탁탁, 소리가 나게 두드리며 말했다.

"자, 여기 앉아요."

타스쿠가 자리에 앉기를 기다렸다가 선생님이 말했다.

"실물을 만져 보면서 머릿속으로 순서를 떠올려 본 뒤에 시험에 들어갈까?"

"그래도 되나요?"

"물론이지."

타스쿠는 자기도 모르게 습관적으로 늘 사용하던 오른손만 써서 가스버너를 탐색하려 했다. 그러다 서둘러서 얼른 왼손도 뻗었다. 굳이 양손을 사용하는 의미는 여전히 알 수가 없지만 일단은 '양손, 양손.' 하고 마음속으로 주문을 외우면서 조심조심 가스버너를 만졌다. 역시 금속의 차가움과 딱딱함은 좋아할 수가 없었다. 원통형 기구 위쪽 끝에 구멍이 있고 거기에서 뜨거운 불이 뿜어져 나온다니 사람을 다치게 할 수도 있는 무서운 기구라는 생각을 했다.

금속으로 된 가스버너가 타스쿠의 손 온도와 비슷해졌을 때쯤, 마츠키 선생님의 겨울 같은 목소리가 화학실 안에 울려 퍼졌다.

"자, 이제 추가 시험 시작하겠습니다."

타스쿠는 방금 전까지 만지고 있던 가스버너 전체를 머릿속에 떠올리면서 손가락 하나하나에 신경을 집중시키고 신중하게 순서대로 진행해 나갔다. 우선은 손으로 가스가 지나가는 고무관을 따라가 중앙 밸브를 찾았다. 가스버너의 아랫부분에 있는 콕을 비튼 뒤에 성냥불을 켠 뒤, 점화구에 성냥불을 가까이 가져다 대고 가스 조절 나사를 돌리면서 힘차게 뿜어져 나오는 가스 소리를 확인했다. 이때 공기 조절 나사를 돌리면 웅웅, 하고 탁한 소리가 들렸다.

'좋아. 들렸어.'

공기 조절 나사를 계속 돌리자 드디어 슈욱, 하는 가스 소리가 사라졌다. 이 순간이야말로 '실험에 가장 적합한 불'이라고 선생님에게 배웠다.

"불이 붙었습니다."

"이제 그 불을 끄고, 중앙 밸브를 잠그세요."

타스쿠는 지금까지의 순서를 반대로 반복했다. 귀를 기울이고 작은 소리도 꼼꼼히 확인했다. 양손으로 확실하게 만지면서 작은 냄새도 놓치지 않도록 예민하게 날을 세워 신경 썼다. 마지막으로 중앙 밸브를 잠근 뒤 타스쿠는 조심스럽게 선생님 쪽으로 고개를 돌렸다.

"솔직히 중간중간 헷갈려하는 모습이 보여서 아직 완벽하다고 말하기는 힘들지만, 그래도 지난번보다는 확실히 나아졌어요."

"그렇다는 건?"

"합격입니다. 지금부터 더 나아지는 모습을 기대해 볼게요. 이것으로 다음 주부터 모두와 함께 실험을 시작할 수 있겠어요."

선생님의 완연한 봄날 같은 목소리를 듣자 팽팽하게 긴장했던 마음이 풀어졌다.

"와!"

돌아오는 길에 타스쿠는 평소보다 가벼운 발걸음으로 계단을
내려갔다.

동백나뭇잎에
눌러 쓴 진심

후타바에게 답장을 받지 못한 채로 한 달이 더 흘렀다. 좀처럼 장마는 끝나지 않았지만 여름은 착실하게 가까워지고 있었다. 에어컨이 켜져 있는 교실에서 한 발자국만 나가면 찐득하고 피부에 감기는 더위가 타스쿠를 짜증나게 만들었다. 이런 계절에 그늘진 곳을 골라서 걸을 수 없다는 게 별거 아닌 것 같지만 참 힘들었다. 그런 이유로 사쿠라이와 야구치는 자외선 차단에 기를 쓰고 있었다.

5월에 본격적으로 시작한 흰지팡이 보행 수업은 터치 방식으로 걷기부터 시작했다. 허리를 쭉 펴고 츠카다 선생님에게 배운 자세를 마음에 새겼다. 운동장을 도중까지 걸어갔다가 되돌아오자 선생님이 칭찬해 주었다.

"제법 자연스럽게 흰지팡이를 쓸 수 있게 된 거 같은데!"

타스쿠는 하루라도 빨리 후타바에게 가고 싶어서 수업이 끝난 뒤나 주말에도 남몰래 연습을 했다. 처음 시작했을 때는 쥐가 나거나 근육통이 생기곤 하던 손목도 요령을 터득한 요즘은 아무렇지도 않았다. 그런 것을 츠카다 선생님에게 이야기하자 노력했다고 인정해 주었다.

타스쿠는 터치 방식으로 흰지팡이를 흔들면서 이번에는 학교 건물 동쪽에 있는 길을 왔다 갔다 했다. 츠카다 선생님은 오른쪽과 왼쪽은 몸의 방향에 따라 반대가 되어 버리지만 동서남북이 뒤집히는 일은 없으니까 가능하면 동서남북으로 위치를 파악하라고 조언해 주었다.

기숙사와 학교 건물을 이어 주고 있는 이 길은 타스쿠와 친구들이 등교하는 길이기도 했다. 타스쿠는 통로 남쪽에 있는 나무들과 북쪽에 있는 물리치료 건물을 머릿속에 떠올리면서 일정한 속도로 걸었다. 타스쿠에게는 무한히 펼쳐진 것처럼 느껴지는 세계를 동서남북 네 가지로 구분해서 파악하는 것은 간단한 일이 아니었다. 좌우나 중심을 의식하는 것도 힘든데 동서남북을 의식하라니, 츠카다 선생님도 참 무리한 요구를 쉽게 하는 편이구나 하고 원망스럽게 생각했을 정도였다.

예를 들어, 말도 안 되게 넓은 수영장 중앙에 하늘을 보고 누워 있다고 생각해 보면, 몸과 물이 하나로 느껴져 자신과 자신이 아닌 것의 경계를 알 수 없게 되어 버리지 않을까. 어디를 봐도 지표가 되는 것이 없다면 오른쪽으로 흘러가고 있는지 왼쪽으로 흘러가고 있는지도 알 수 없게 되어 버린다. 타스쿠와 친구들은 항상 그런 상황 속에서 걸어가는 것이다.

같은 길을 몇 번 정도 왕복하고 있는데 등 뒤에서 츠카다 선생님의 목소리가 들려왔다.

"체육관까지 걸어가 보자. 가는 길은 알고 있겠지?"

타스쿠는 햇살이 내리쬐는 방향을 느끼며 손가락으로 가리키며 물었다.

"저쪽으로 가는 거죠?"

"가능하면 정확하게 단어로 말하는 게 좋아."

동서남북을 의식하는 것과 마찬가지로 타스쿠는 상대방에게 말로 정확히 전달하는 것이 어려웠다. 눈이 보이지 않기 때문에 자기 생각이나 상태를 상대방에게 제대로 전달하기 위해서는 정확한 말로 표현하는 것이 가장 중요했다. 그것이 되지 않으면 상대방과 세계를 공유하기 어렵다.

타스쿠는 우선 머릿속에 학교 건물과 운동장을 떠올리며 입을 열었다.

"우선 물리치료 건물과 학교 북쪽 건물을 연결하고 있는 복도를 향해 가 보겠습니다."

"그래, 작은 목표 지점 몇 가지를 정해 두는 것은 좋은 생각이야. 그다음은?"

"복도를 지나면서 그대로 학교 북쪽 건물 벽에 붙어서 걸어가다가 그 벽을 따라서 모퉁이에서 왼쪽으로."

츠카다 선생님에게 점자 블록이 없는 곳에서는 건물의 담이나 벽, 도로의 연석 등 그 장소에서 움직이지 않는 것을 활용하면 길을 크게 벗어나지 않고 걸을 수 있다고 배웠다.

"학교 북쪽 건물을 따라 교문 근처까지 걸어가서, 건물의 모퉁이를 이용해서 왼쪽으로 돌겠습니다. 그대로 학교 서쪽 건물 벽을 따라서 곧장 남쪽으로 걸어가면 체육관 입구입니다."

"좋아. 지금 자신이 어디에 있고 지금부터 어디를 지나 어디를 향해 가는지 정확하게 머릿속에 그려진 것 같네."

준비되는 대로 출발하라는 선생님의 말을 듣고 타스쿠는 심호흡하며 마음을 다잡았다. 여기는 잘 알고 있는 곳이고 사람도 차도 잘 오지 않는다는 것도 알았다. 곁에는 츠카다 선생님도 있다. 그런데도 평소보다도 더 두근두근거렸다. 숨을 들이마시고 나서 타스쿠는 흰지팡이를 쥐고 자세를 바로잡았다.

먼저 흰지팡이 끝부분으로 지금 서 있는 바닥 상태를 확인했다. 아무래도 오른쪽에 장애물이 있는 것 같았다.

'높이는 20cm 정도 되려나? 앞으로도 한동안은 이어지는 것 같은데…… 대체 이게 뭐지?'

금방은 답이 나오지 않을 것 같아서 타스쿠는 앉아서 만져 보기로 했다.

'그렇구나. 화단의 벽돌이었어.'

흰지팡이를 사용하면 두 걸음 정도 앞까지 정보를 얻을 수 있다. 구체적으로 말하면 장애물이 있는지 없는지, 바닥은 어떤 상태인지 정도다. 그러니 타스쿠가 확인할 수 있는 것은 겨우 1m가 조금 넘는 세계가 전부인 셈이다. 그렇다고는 해도 지금까지 미지수였던 세계의 일부분을 상상할 수 있게 된다. 적어도 두세 걸음 앞에도 바닥이 이어져 있고, 거의 평평하다는 것을 알게 된 것만으로도 꽤 안심하고 걸을 수 있었다.

타스쿠는 터치 슬라이드 방식으로 화단 옆을 걷기로 했다. 두 걸음 정도 앞에 있는 세계를 상상하면서 걷다가 불현듯 깨달았다. 어쩌면 마츠키 선생님이 양손을 사용하면 세계가 넓어진다고 말한 것이 이런 뜻일 수도 있겠구나 싶었다. 오른손으로는 보이지 않는 부분을 왼손이 도와주는 것으로 타스쿠의 세계는 두 배 넓어진다. 마치 흰지팡이로 바닥을 탐색하는 것으로 1m 앞의 세계를 알게 된 것처럼 말이다.

타스쿠는 일정한 걸음으로 흰지팡이를 흔들 수 있도록 신경 썼다. 모퉁이를 돌기 전에는 모퉁이 반대편에서 걸어오던 사람과 부딪히는 일이 없도록 흰지팡이로 바닥을 탓, 하고 소리가 나도록 쳐서 이쪽의 존재를 상대방에게 알리는 것도 잊지 않았다. 흰지팡이를 흉기로 만들지 않기 위한 매너라고 배웠다.

어느 정도 걸어갔을 때쯤 공놀이를 하는 것 같은 아이들의 목소리와 공이 튀는 소리가 들려왔다. 체육관 근처에 도착한 모양이다. 타스쿠는 그제서야 안심이 되면서 어깨의 힘이 빠졌다.

"처음이라고는 생각할 수 없을 정도로 안정적이었어! 흰지팡이는 싫다고 하더니 소질이 있는 것 같은데."

츠카다 선생님의 칭찬을 듣고 조금 자신감이 생겼다. 이대로라면 여름 방학에는 후타바에게 갈 수 있을 지도 모른다. 이때 타스쿠는 틀림없이 이대로 실력이 늘기만 할 거라고 생각했다. 흰지팡이를 능숙하게 사용하게 되기까지는 아직 한참 시간이 걸린다는 사실을 깨달은 것은 7월, 이제 곧 여름 방학이 시작되려던 무렵이었다.

"멈춰! 멈춰!"

터치 방식으로 걷고 있던 타스쿠는 매서운 츠카다 선생님의 목소리에 놀라 서둘러 발을 멈췄다.

"잠깐 잡을게."

선생님은 타스쿠의 왼팔을 붙잡고 바로 옆에 있는 것을 만질 수 있게 해 주었다. 차갑고 딱딱한데 둥글고 긴 원기둥 모양이었다. 타스쿠가 손을 뻗어서 만진 것은 바로 전신주였다. 이렇게 가까이 와 있었다니 전혀 눈치채지 못했다. 그대로 걸었더라면 정면으로 부딪혔을지도 모른다.

5월에 시작한 흰지팡이 수업은 요즘은 학교 밖을 나와 그 주변을 걷고 있었다.

"그리 자동차가 많이 다니는 길이 아니라고는 하지만 여기는 일반 도로야. 좀 더 집중해서 걸어야지!"

평소답지 않게 따끔한 주의를 듣고 타스쿠도 진심으로 반성했다. 만약 츠카다 선생님이 없었다면 어땠을까 생각하니 등골이 서늘해졌다. 터치 방식의 단점은 흰지팡이가 한쪽 바닥을 탓, 하고 치고 나서 반대편을 탓, 하고 치는 사이에 지팡이가 공중에 있다는 점이다. 주의를 기울이지 않으면 지금처럼 전신주같이 커다란 것도 흰지팡이의 '탓'과 '탓' 사이에 놓쳐 버린다. 실제 거리를 걸을 때 전신주나 간판에 부딪혀서 다치는 시각 장애인들이 적지 않았다. 그렇다면 슬라이드 방식으로 걸으면 되지 않느냐 하겠지만 항상 바닥에 붙이고 있는 슬라이드 방식은 진동도, 전해지는 정보도 너무 많아서 손과 신경이 빨리 지쳐 버린다. 상황에 맞게 방식을 구분해서 사용하는 건 역시 어려운 일이다.

선생님은 지금 타스쿠가 걸어온 길처럼 전신주가 많은 주택가에서는 차도 쪽에 가깝게 붙어서 걷는 것이 중요하다고 조언해 주었다.

"단, 지팡이가 차도 밖으로 튀어나오지 않도록 이런 느낌으로 흔들 수 있도록 훈련해야 해."

츠카다 선생님은 등 뒤에서 타스쿠의 손을 잡고 흰지팡이를 흔들어서 시범을 보였다. 양쪽을 똑같은 폭으로 흔드는 게 아니라 차도 쪽은 좀 작게 인도 쪽은 조금 크게 흔들었다.

"그럼 교문으로 되돌아가서 처음부터 다시 시작해 보자."

선생님이 너무 쉽게 말하는 바람에 타스쿠는 자기도 모르게 불만스러운 목소리를 내고 말았다.

"에? 처음부터 다시 시작하자고요?"

1학기 마지막 수업인 오늘은 지금까지 배운 것을 복습하는 시간이었다. 학교 주변 주택가를 걸어서 지난번에 갔던 편의점까지 갈 계획이었다. 과자를 사도 된다고 해서 바지 주머니에 동전도 넣어왔다.

수업이 시작되고 시간이 얼마나 지났을까? 시각 장애인용 손목시계로 시간을 확인해 보고 싶었는데 하필 이럴 때 잊고 안 차고 나온 모양이다.

"시간이 없으니까 교문까지 돌아가는 길은 도와줄게."

선생님은 그렇게 말하며 타스쿠에게 팔꿈치를 내밀었다. 타스쿠는 일단 츠카다 선생님의 팔꿈치를 잡기는 했지만 슬금슬금 짜증이 나기 시작했다. 처음부터 다시 시작하면 수업 시간 안에 편의점까지 갈 수 없을 것 같았다. 오늘 밤에 쿠리타와 히카루랑 같이 과자를 먹기로 해서 내심 기대하고 있었기 때문에 더 속상했다.

타스쿠는 자기도 모르게 자꾸 투덜거렸다.

"겨우 여기까지 왔는데."

"실패한 만큼 연습할 기회가 늘었다고 생각하면 되잖아."

끝까지 긍정적인 소리만 하는 선생님에게 타스쿠는 확 짜증이 났다.

학교 주변 길은 좁고 곳곳에 길이 구불구불한 곳도 많았다. 차도 자전거도 잘 다니지 않는다고는 하지만 결코 걷기 쉬운 길이라고 할 수 없었다. 점자 블록이나 지표가 될 만한 랜드마크가 적기 때문이다. 랜드마크라는 것은 머릿속에서 지나갈 길을 떠올릴 때 기준으로 활용할 수 있는 건물이나 물건을 말한다. 사람이 지나가면 열리고 닫히는 가게의 자동문이나 미세한 전자음을 내는 자판기, 우체통 그리고 꽃 가게나 음식점처럼 냄새를 느낄수 있는 장소도 랜드마크로 삼기 좋았다. 그런 것이 적은 주택가에서는 방심하면 금세 자신이 어디에 있는지 알 수 없게 되어 버린다.

일단 짜증이 나기 시작하자 급하게 따른 콜라가 컵에서 흘러넘치는 것처럼 지금까지 속으로 담아 두고 있던 불만들이 순식간에 흘러넘쳤다.

"전부터 생각했던 건데요, 이렇게 가게도 자판기도 없는 장소를 걸을 때는 어떻게 해야 돼요?"

타스쿠의 목소리는 완전히 기분 나쁨 그 자체였다. 선생님에게 화풀이하면 안 된다고 머릿속으로는 알고 있으면서도 감정을 억누를 수가 없었다.

"이런 장소일수록 미리 내가 가고자 하는 길을 머릿속에 정확하게 떠올려 보는 게 중요한 거야. 그리고 냉철하게 흰지팡이를 사용하면서 주위의 소리를 확인해 가면서 걸을 것."

뻔한 소리다. 타스쿠는 부루퉁한 말투로 되받아쳤다.

"간단하게 말하지 말아 주실래요!"

츠카다 선생님은 귀에 딱지가 앉도록 지금 내가 어디에 있고 지금부터 어떤 길을 지나 어디를 향해서 가고 있는지 반드시 머릿속으로 그림처럼 떠올려 본 뒤에 걸으라고 했다. 하지만 아무리 미리 생각해도, 실제 길에 나서면 차나 자전거가 달리고 사람도 걸어온다. 별거 아닌 작은 소리나 공기 흐름에도 미리 생각해 둔 것들은 금세 엉망진창이 되어 버렸다. 소리에만 의지하라고 하지만 자판기에서 나오는 소리도 기계가 신형일수록 소리가 전보다 훨씬 작게 들리고, 영업중이라면 활용하기 쉬운 가게나 우체국도 항상 문을 열어 두는 것은 아니다. 예전에는 앞을 지나가기만 해도 반응하던 자동문도 요즘은 손으로 버튼을 누르지 않으면 반응하지 않는 것으로 바뀌었다. 날씨나 주변의 환경, 기술의 진보 등으로 소리는 간단히 사라져 버린다.

 '선생님은 안전하다고 확신할 수 없는 장소를 걷는 일이 얼마나 힘들고 지치는지 알고나 있을까? 만약 머릿속에 그려 놓은 길들이 잘못된 거라면? 그때는 어떻게 하면 좋지?'

 타스쿠와 친구들은 하나만 틀어져도 다치는 정도로는 끝나지 않을 곳들을 흰지팡이와 소리에만 의지한 채로 매일 걸어가고 있었다.

 분명 츠카다 선생님은 상상한 적도 없을 것이다. 그야 츠카다 선생님은 눈이 보이니까. 눈이 보이는 사람들은 걸으면서 음악을 들을 수도 있고 추우면 장갑을 낄 수 있다. 우산에 부딪히는 빗소리에 신경을 곤두세울 필요도 없다. 그런 식으로 생각하니 타스쿠는 점점 우울해지고 화가 났다.

 '어째서 내가, 어째서 우리만 이런 걸까. 눈이 보였더라면, 정말 조금이라도 눈이 보였더라면!'

거기까지 생각이 미치자 참고 억누르던 것들이 한순간에 툭, 하고 끊어졌다.

"혼자서 흰지팡이로 걸어 다닌다니 역시 무리였어요. 평생이 걸려도 불가능하다고요!"

막상 그렇게 말하고 나니 자신의 입에서 튀어나온 말에 오히려 자기가 상처받고 말았다. 슬퍼졌다.

'후타바, 이렇게 감정이 마구 달려나가 버릴 때는 어떻게 해야 하는 거야?'

아무리 물어도 대답은 없었다. 후타바는 여전히 문자도 전화도 받지 않았다. 까닭 없이 짜증이 났다. 조금도 괜찮지 않으면서 괜찮다고 하는 후타바에게 그리고 아무 의지도 되지 못하는 자기 자신에게 짜증이 났다.

"불가능하다고 단정 지어 버리면 더 안 되는 거야."

"츠카다 선생님은 눈이 보이니까 그런 편한 소리를 할 수 있는 거예요!"

기분은 침울하고 짜증은 나서 어쩔 줄을 모르겠고 말로 뱉었다고 해서 속이 후련해지는 것도 아니었다. 오히려 그 반대였다. 자포자기하는 심정이 되어 버린 타스쿠는 쥐고 있던 흰지팡이를 집어던졌다.

"타스쿠! 다른 사람이 맞았으면 어쩔 뻔했어? 우연히 지나가던

차에 맞아서 오히려 너한테 튕겨 돌아올 가능성도 있는 거라고. 무엇보다 소중한 물건을 함부로 다루면 안 되잖아!"

선생님의 날선 목소리 다음에 무언가 움직이는 공기가 느껴졌다. 선생님이 흰지팡이를 주운 모양이다. 선생님은 흰지팡이를 다시 타스쿠의 손에 쥐어 주었다. 타스쿠는 말로는 설명할 수 없을 만큼 가슴이 답답해졌다. 분하고 슬프고 화가 났다.

"좋겠어요. 눈이 보여서!"

결국 수업을 계속할 수 없다고 판단했는지 그날 수업은 그것으로 끝이 났다. 학교 본관 앞에서 헤어질 때, 선생님은 부드러운 말투로 말했다.

"타스쿠를 불쾌하게 만들었다면 사과할게. 그런데 내가 틀린 말을 했다고 생각하지 않아. 이걸로 1학기 수업은 끝나지만, 여름 방학 동안 기분 전환하고 2학기부터는 다시 열심히 해 보자."

선생님은 손을 잡아 주었지만 타스쿠는 아무런 대답을 할 수가 없었다. 타스쿠도 예전에는 친구는 많은 편이 좋다고 생각했었다. 그런데 요즘은 친구는 어떻게 만들어야 하는 건지, 애초에 친구라는 게 무언지도 헷갈렸다. 유튜브에 채널 구독자 수나 SNS 속 친구가 많은 사람은 서로 얼마나 친한 사이인지, 그런 게 진짜 친구는 맞는 건지 궁금했다. 친구는 나무와 잎사귀 관계와 닮은 것 같다. 자기 자신이라는 나무줄기에서 몇 개의 나뭇가지

들이 뻗어 나와 있고 거기에서 가족이나 친구들 같은 나뭇잎들이 자라는 것이다. 바람이 불었을 때 나뭇잎이 많을수록 그 술렁임도 커지듯 친구의 수만큼 고민이나 걱정도 많아질 거다.

타스쿠는 중학생이 되면서 친구가 여섯 배로 늘었다. 츠카다 선생님은 친구라고 할 수는 없지만 이렇게 마음이 요동칠 정도의 관계는 되는 모양이다. 지금까지는 후타바와 같은 반 친구들뿐이라고 생각했던 학교 생활에 생각지도 못한 부분에서 타스쿠는 문제를 일으켜 버렸다. 지금 타스쿠에게 친구가 더 많이 생긴다면 죽을 만큼 힘들 거다. 누군가와 싸우고 화해하고 어떻게 대하면 좋을지 몰라서 매번 고민에 빠지는 처지가 될 테니까 말이다.

타스쿠는 아직 수업이 끝나지 않은 시간이라 쥐 죽은 듯이 조용한 건물 안으로 들어갔다. 밖은 땀이 날 정도로 더운데 건물 안의 공기는 서늘했다. 타스쿠는 신발장의 토끼 스티커를 만지면서 새삼스레 어째서 여기에 후타바는 없는 걸까 생각했다. 예전처럼 후타바가 내 이야기를 들어 주고 가야 할 방향을 밝게 비춰 줬으면 좋겠다고 생각했다.

다음 주 월요일이 되었는데도 타스쿠의 기분은 잔뜩 가라앉은 상태였다. 아무것도 하기 싫었다. 할 수만 있다면 이대로 침대에서 계속 자고 싶었다. 아침 조회가 끝나도 좀처럼 기분이 나아지지 않았다. 평소처럼 친구들과 함께 수다를 떨면서 이동할 기분도 아니었기 때문에 혼자서 생물실로 향했다.

"조용하네……."

혼잣말을 하면서 벽에 있는 스위치를 찾아서 에어컨을 켰다. 타스쿠는 손을 위로 뻗어서 천장에서 혹시나 따뜻한 바람이 나오지는 않는지 확인했다.

요즘 생물 수업 시간에는 곤충을 관찰하고 있었다. 여름 방학 전 마지막 수업인 오늘은 지난주에 이어 누에나방을 관찰하기로 했다. 부화 직후부터 관찰을 시작한 누에나방 애벌레는 몸길이가 1cm 조금 넘어가는 정도였다. 머리가 어느 쪽이고 엉덩이가 어느 쪽인지 타스쿠와 친구들도 알 수 있을 정도가 되었다. 삼주가 지났을 때쯤에는 발이 있는 것도 느낄 수 있었다. 머지않아 누에나방은 메추리알 정도의 누에고치를 만들었다. 번데기가 성충이 된 것은 그 다음 주였다.

마츠키 선생님은 수컷과 암컷을 순식간에 구분하더니 한 쌍씩 트레이로 이동시켰다. 붕붕, 하고 모터가 돌아가는 것 같은 소리가 들리기 시작한 것은 그 직후였다.

"이건 짝짓기를 하는 소리입니다. 요란하게 날개를 움직이고 있는 것이 수컷이에요. 이렇게 수컷과 암컷이 짝짓기를 하면 무언가 태어납니다. 다음 주에는 그것을 함께 관찰해 봅시다."

마츠키 선생님은 뭔가 굉장한 것을 기대하라는 듯이 말하고는 수업을 끝냈었다.

그리고 오늘, 지난번 수업 시간에는 들렸던 그 모터 소리가 전혀 들리지 않았다. 언제 와도 조용한 생물실이지만 아무리 그래도 기척이 너무 없었다. 타스쿠는 이상하다 생각하면서 자기 실험대 위를 더듬어 보았다. 어쩌면 이미 마츠키 선생님이 트레이를 준비해 두었을지도 모른다고 생각했기 때문이다.

"앗!"

타스쿠의 오른손에 부딪힌 트레이가 실험대 위를 미끄러지는 소리가 났다. 타스쿠는 소리만 듣고 얼른 왼손을 뻗어 트레이를 붙잡았다.

"다행이다."

마츠키 선생님이 늘 말했던 세계가 넓어진다는 의미를 어느 정도 알 것 같았지만, 그래도 여전히 무의식적으로 오른손만 이용하게 되었다. 그러다 이런 식으로 양손을 훌륭하게 사용했을 때 자신이 상상하던 것 이상으로 넓어진 세계에 깜짝 놀라 숨을 삼키게 되었다.

트레이에 귀를 가까이 가져다 대고 누에나방의 상태를 살피고 있자니 에어컨 소리가 한층 더 커진 느낌이 들었다. 밖에서 통학 버스로 등원하는 유치원 아이들의 생기발랄한 목소리가 들려왔다. 그런데 누에나방의 날갯소리는 전혀 들려오지 않았다. 복도에서 누군가 걸어오는 소리를 듣고 얼굴을 들자 마츠키 선생님과 친구들이 이야기하면서 들어왔다.

"훌륭한데! 타스쿠는 벌써 관찰을 시작한 거야?"

시원한 마츠키 선생님의 목소리가 머리 위에서 내려왔다.

"진짜?"

"너무 성실한 거 아니야, 타스쿠."

"뭔가 발견했어?"

방금까지 정적에 싸여 있던 생물실이 순식간에 활기가 넘치기 시작했다.

모두 자리에 앉자, 선생님이 두 실험대 사이에 서서 물었다.

"지난주에 들렸던 소리가 들리나요?"

타스쿠가 대답했다.

"안 들려요."

"어째서 아무 소리도 들리지 않을까? 준비가 끝난 사람부터 트레이 안을 확인해 봅시다."

타스쿠는 조심조심 트레이 안에 손을 넣었다.

'뭔가 있는 것 같은데…….'

그때 사쿠라이가 말했다.

"바닥에 점자 같은 것이 붙어 있어!"

사쿠라이는 반응이 빠를 뿐만 아니라 다른 뭔가에 비유해서 설명하는 것도 잘했다.

"진짜네. 엄청 예쁘게 늘어서 있어!"

히카루의 말대로 볼록볼록한 것이 가지런히 늘어서 있었다.

지난주 마츠키 선생님은 암컷과 수컷이 짝짓기를 하면 어떤 것이 태어난다고 말했다. 그렇다면 이게 누에나방의 알이 아닐까 싶었다. 이 알들이 언젠가는 부화해서 몇 번의 탈피를 반복하고 나면 누에고치가 되고, 번데기가 되었다가 성충이 되어 짝짓기를 한다. 그리고 그다음은? 한 가지 중요한 것이 빠졌다고 생각한 타스쿠는 평소에는 잘 하지 않는 질문을 했다.

"선생님, 지난주에 여기에 있던 성충은 어디에 간 거예요?"

사쿠라이가 중얼거렸다.

"혹시 죽어 버린 거 아니야?"

"사실은 맞아."

마츠키 선생님은 싱겁게 인정했다.

"거짓말!"

"그렇게 빨리?"

"벌써?"

모두 놀라서 한마디씩 했다. 선생님은 생물 중에는 새끼를 낳으면 바로 죽어 버리는 종도 적지 않다고 했다.

사쿠라이가 불쑥 작은 소리로 말했다.

"죽은 누에나방 한번 만져 보고 싶은데."

그 말에 쿠리타가 질색을 했다.

"소름 돋는 소리 하지 마!"

쿠리타는 벌레를 엄청 싫어했다. 새우도 싫어하는데 일단 가
느다란 다리가 많은 생물은 전부 싫다고 했다.

"만져 보고 싶구나."

선생님이 교탁 근처에서 부스럭부스럭 뭔가를 찾는 것 같은 소
리를 내는가 싶더니, 타스쿠와 친구들이 손이 닿을만한 곳에 뭔
가를 놓아 주었다.

모두 가만히 만져 보았다. 볼록하니 둥근 것이 늘어진 모양이
었다. 아마도 죽은 누에나방인 것 같았다. 한쪽 면에는 두 장의
날개가 있고 반대편에는 가늘고 작은 다리가 만져졌다. 아무리
만져도 꼼짝도 하지 않았다.

사쿠라이가 조용한 말투로 중얼거렸다.

"죽은 걸 만져 보는 건 처음인 거 같아."

쿠리타가 불만이 가득한 목소리로 받아쳤다.

"보통은 만지지 않으니까!"

타스쿠도 먹는 것 이외에 죽은 무언가를 만진 적은 없었다. 그

렇다기보다 손과 소리로 존재를 확인하는 타스쿠와 친구들의 세계에서는 그런 것은 존재할 수 없었다. 눈이 보인다면 죽은 벌레 정도는 당연히 봤을지 모른다. 하지만 눈이 보이지 않게 되는 순간 그런 것들도 전부 타스쿠의 세계에서 사라져 없어진다.

살아 있는 것은 모두 언젠가 반드시 죽는다는 사실이 새삼스레 다가왔다. 눈이 보이는 세계에는 이런 것들도 많이 존재하겠구나 싶었다. 그렇게 생각하자 죽은 누에나방을 어떻게 만지면 좋을지 알 수 없어졌다. 타스쿠는 조심스레 몇 번이고 쓰다듬었다. 당연한 일이지만 전혀 움직이지 않았다. 이번에는 입김을 불어 보았다. 그랬는데도 누에나방은 움직이지 않았다. 아무 소리도 내지 않았다.

여기저기 만지는 사이에 나방 날개에 있는 가루가 손에 묻었다. 타스쿠가 손가락 끝을 후, 하고 불었다. 예전에 마츠키 선생님이 누에나방은 품종 개량을 했기 때문에 이 날개로는 하늘을 날 수 없다고 말한 게 생각났다. 생물실에서 태어나서 생물실에서 죽은 누에나방의 짧은 생을 떠올리면서 기왕 날개를 달고 태어났는데, 한 번 정도는 하늘을 날아 보고 싶지 않았을까 하는 생각이 들었다.

'나라면 날아 보고 싶었을 텐데.'

지금 타스쿠는 눈이 보이지 않지만, 처음부터 보이지 않아도 상관없다고 생각한 적은 한 번도 없었다. 눈이 보였을 때의 기억은 지금도 타스쿠의 소중한 보물이다. 누에나방은 어땠을까?

그때 마츠키 선생님이 말했다.

"지금까지 수업을 도와준 누에나방에게 감사의 마음을 담아서 묵념하자."

잠깐이지만 조용해졌다. 타스쿠는 다시 한번 다리, 날개, 머리, 더듬이를 조심스럽고 정성스럽게 만지면서 작별을 고했다. 누에나방의 일생을 정리하기 위해 공책을 펼치려는 순간 1학기 초반에 관찰했던 식물 잎이 튀어나왔다. 책갈피에 말려 두려고 테이프로 붙여 놓았는데 떨어진 모양이다.

식물 잎도 표면이 반들반들한 것, 가느다란 솜털이 덮힌 것, 잎맥이 그물 모양인 것, 평행한 것, 잎의 가장자리가 톱니처럼 들쑥날쑥한 것, 매끄러운 모양인 것 등 여러 가지가 있었다. 얼핏 보기엔 닮았어도 찢어서 냄새를 맡아 보면 다른 종류라고 알게 되는 것도 있었다. 이 반들반들하고 두께감이 있는 나뭇잎은 동백나뭇잎이다.

타스쿠는 동백나뭇잎을 만지다가 번뜩 좋은 생각이 났다. 이 나뭇잎은 도톰해서 점자를 쓸 수 있을 것 같았다. 쉬는 시간이 되었을 때 타스쿠는 동백나뭇잎에 뭐라고 쓸지 생각했다. 처음에는 나뭇잎에 점자를 써서 친구들에서 보여 주면 모두 신기해

할 거라는 생각이었는데, 갑자기 후타바가 머릿속에 떠올랐다. 나뭇잎에 점자로 무언가 쓴다고 해도 전해 주러 갈 수는 없지만, 그래도 뭔가 지금의 마음을 후타바에게 전하지 않고는 견딜 수가 없었다.

전하고 싶은 말이 엄청 많이 떠올랐다. 우선은 흰지팡이 연습을 열심히 해 보겠다고 큰소리쳐 놓고 금세 좌절해 버렸다는 것, 기숙사 생활은 불편한 점도 있지만 그런대로 재미있다는 것, 같은 반 친구들 모두 좋은 녀석이라는 것 그리고 누에나방의 삶에 대해서도 전하고 싶었다. 그러면 글자 수가 너무 많아진다.

그날 방과 후, 타스쿠는 학교 정원에서 되도록 두껍고 튼튼한 동백나뭇잎을 한 장 뜯었다. 기숙사로 돌아와 방에 들어가자마자 곧장 책상으로 향했다. 그저 네 글자를 적는 것뿐인데 타스쿠의 손도 가슴도 떨렸다. 정신을 차리고 보니 얼굴까지 뜨거워져 있었다.

1학기 마지막 날 아침, 타스쿠는 그 잎을 후타바의 신발장에 넣고 도망치듯이 나왔다.

후타바의 여름

장마가 아직 끝나지도 않았는데 벌써 며칠째 한여름 같은 무더위가 이어지고 있었다. 일기예보에서는 열사병에 주의하라는 소리만 반복했다. 후타바는 커튼 너머의 여름을 떠올리면서 에어컨이 켜진 방 안에서 혼자 크게 한숨을 내쉬었다.

오랜만에 핸드폰을 켰을 때였다. 예상은 하고 있었지만 타스쿠에게서 몇 통씩이나 문자가 와 있었다. 그중에 한 통은 '흰지팡이 연습 열심히 하기로 했어!' 하는 것이었다. 원래는 눈이 보였다는 타스쿠는 처음 만났을 때 흰지팡이가 뭔지도 모를 정도였다. 계속 밖에 나가고 싶고 호기심이 많았던 후타바와는 반대로 타스쿠는 안에서 노는 것을 더 좋아했다. 어떤 것을 시작하더라도 우선은 후타바가 시범을 보이고 타스쿠는 안전한 것을 확인한 뒤에야 겨우 흉내를 내서 시작하곤 했다. 그런 타스쿠가 흰지팡이 연습을 열심히 하고 있다는 문자에 후타바는 마음이 초조해졌다. 물론 응원해야 할 일이라는 건 알고 있지만, 이대로 타스쿠가 점점 앞으로 나아가 버릴 것 같아서 불안해졌다. 그런 뒤죽박죽이던 마음이 큰 한숨으로 나왔는지도 모르겠다.

'함께 걷고 달리는 모임'의 이게타 아저씨가 엄마에게 장어를 먹으러 가자는 메일을 보낸 것은 장마가 끝나고 얼마 되지 않은 날이었다.

"미리 말해두는데, 데이트가 아니에요."

어리둥절해하는 후타바를 꿰뚫어 본 듯 엄마가 딱 잘라 말했다.

"그런 거야?"

"당연하지. 매년 이맘때에 모임 사람들과 장어 가게에 함께 가는 행사를 했대. 그런데 갑자기 못 나온다는 사람이 있어서 너랑 같이 오면 어떠냐고 권해 주신 거라고."

비가 오는 토요일이 이어지면서 '함께 걷고 달리는 모임'은 그때 한 번 견학해 본 것이 전부였다. 비가 와도 모임은 한다고 했지만 후타바와 엄마는 기왕이면 비가 오지 않는 날 참가할 생각으로 미루고 있었다.

장어는 엄마가 제일 좋아하는 음식이라, 메일을 보자마자 인터넷으로 조사도 해 본 모양인지 엄마는 들뜬 목소리로 말했다.

"웬만해서는 예약도 되지 않는 유명한 가게래!"

장어덮밥 세트 가격을 확인하고는 잠깐 고민하는 소리를 내는가 싶더니 갑자기 다른 이야기를 꺼냈다.

"그러고 보니 이번에는 부모랑 짝을 해도 된다고 하더라."

역에서 같이 모여 짝을 이뤄 해안가 길을 따라 목적지인 장어 가게까지 간다고 했다.

"모처럼 권해 주었으니까 한번 해 볼래?"

그 순간 후타바는 타스쿠에게 받은 문자를 떠올렸다.

'타스쿠도 그렇게나 싫어하던 흰지팡이 연습을 열심히 한다는데, 나는? 나도 조금은 열심히 해야 하지 않을까?'

후타바는 마음을 정했다.

"가요."

달리기 모임에 가는 날은 이거야말로 여름이라는 느낌이었다. 쏟아지는 강렬한 태양에다 비린내 나는 바닷바람이 불어왔다. 엄마와 함께 역을 나오자 이케타 아저씨의 익숙한 목소리가 들렸다.

"여기에요! 여기!"

오늘의 참가자는 다섯 팀으로 G팀과 B팀 합쳐서 모두 10명이라고 했다. G팀은 엄마와 이게타 아저씨 외에도 고등학생 한 명과 목수 견습생이라는 오빠 한 명, 엄마보다 조금 나이 든 목소리의 아줌마 한 명이고, B팀은 목소리만 들으면 베테랑 같은 아저씨 두 명과 그 외에 아저씨와 아줌마가 한 명씩 있는 것 같았다. 사람들의 소개가 끝나고 후타바와 엄마도 자기소개를 했다.

걷는 사람들은 이대로 가게를 향해서 출발하고, 달리는 사람들은 도중에 반환점을 돌아서 시작 지점으로 되돌아갔다가 다시 가게를 향해서 간다고 했다. 그렇게 하면 적당히 도착 시간이 서로 비슷해졌다.

"그럼 준비 운동이 끝난 사람들부터 출발할게요. 나중에 만납시다!"

이게타 아저씨는 말을 끝내자마자 바로 자기 짝인 아저씨와 달려갔다. 엄마와 출발 지점까지 가자, 바다 냄새가 더욱 진해졌다. 오늘은 엄마의 스카프를 고리로 쓰기로 했다.

엄마와 해안가를 걷자마자, 바로 후타바는 그날 쿠매 씨가 한 말이 사실이라는 것을 알게 되었다. 엄마와 맞잡은 고리는 쿠매 씨 때와는 또 달랐다. 이전보다 고리가 커서 손을 좀 더 자유롭게 움직일 수 있는 만큼 엄마와 속도를 맞추기가 힘들었다. 무엇보다도 후타바와 엄마는 팔을 한 번 흔들 때 폭의 차이가 꽤 있었다. 엄마가 팔을 한 번 올렸다가 다 돌아오지도 않았는데 후타바의 팔은 이미 되돌아와서 반대편 팔이 움직이기 시작했다. 몇 번이고 하나둘, 소리를 내며 움직임을 맞추려고 해도 금세 제각 각이 되어 버렸다. 팔이 서로 맞지 않으니까 발도 생각대로 맞춰 지지 않았다. 어쩌면 그날은 쿠매 씨가 후타바에게 잘 맞춰 주었 던 건지도 모른다.

어느 정도 걸었을 때, 후타바는 바람 때문에 엉망진창이 된 앞 머리를 고치며 말했다.

"기분 좋다!"

손가락이 땀으로 끈적였지만 그것도 좋았다. 바람, 태양, 파도 소리, 거기다 바다 냄새까지. 바깥 세계는 어쩜 이렇게 북적이고 즐거운 걸까.

"가끔은 더위 속에서 걷는 것도 피부에 좋을지도?"

엄마의 농담 섞인 부드러운 목소리와 갈매기 소리까지 더해 져, 후타바는 한결 마음이 편안해졌다. 거기다 기분 좋은 바닷바 람과 햇빛까지 좋았다. 그래서인지 후타바는 엄마에게 속엣말을 할 수 있었다.

"어째서 그때 그 아저씨는 눈이 보이지 않는 사람은 혼자서 밖 을 돌아다니면 안 된다는 소리를 한 걸까?"

"세상은 넓으니까, 그만큼 다양한 생각을 가진 사람이 있는 거 지. 예를 들면, 엄마는 혼자서 후타바를 키우잖아? 그것도 사람에 따라서는 이상하다고 생각하는 사람도 있는 거야."

"아빠가 없으니까?"

"그래, 정답 같은 건 없는데 자기 생각만이 정답이라고 생각하는 사람이 있지. 세상은 넓어. 그중에는 자기와는 반대되는 생각이나 삶의 방식을 가진 사람들도 있어. 솔직하게 말하면 그런 사람들이랑은 만나지 않는 편이 좋지만, 후타바는 그런 사람을 만나 버린 거지."

엄마가 고리를 강하게 당겨서 후타바를 가까이 끌어당겼다.

"왼쪽에 자전거가 있어. 손 조심해."

후타바는 재빨리 왼손을 자기 몸 쪽으로 당겼다.

"엄마도 정반대의 생각을 가진 사람과 만난 적 있어?"

"당연하지. 자신과 딱 맞는 가치관을 가진 사람을 만나는 건 쉽지 않아. 후타바 너도 그렇게 생각해 두는 편이 좋을걸."

엄마가 너무 딱 잘라 말해서 오히려 마음이 편해졌다. 원래 그런 거라면, 그날 그런 소리를 들은 정도로 이렇게까지 고민할 필요가 없는 건지도 모르겠다는 생각이 들었다.

"왜? 뭔가 마음에 걸리는 게 더 있는 거야?"

엄마는 뭐든지 다 꿰뚫고 있는 것 같다. 사실 후타바에게는 한 가지 더 신경 쓰이는 부분이 있었다. 바로 목격자들이다. 그날, 몇 명이나 되는 사람들이 후타바와 아저씨가 부딪히기 전부터 부딪히던 순간까지 보았다며 경찰에게 설명했다. 그 사람들의 이야기를 들으면서 후타바는 조금 놀랐다. 그렇게 많은 사람이 보고 있었다면서, 어째서 누구도 위험하다거나 앞에 사람이 있다고 말해 주지 않았던 걸까. 복잡하고 침울한 마음은 지금까지도 사라지지 않았다. 엄마에게 이야기해 볼까도 생각했지만 그마음을 제대로 전할 수 있을 것 같지 않았다. 후타바는 포기하고 화제를 바꾸었다.

"만약에 내가 눈이 보였더라면……."

후타바는 그런 식으로 말하면서 열기가 느껴지는 쪽으로 얼굴을 돌렸다. 태양, 하늘, 구름, 바다, 바람, 할아버지가 키우고 있는 정원의 식물들, 여름의 불꽃놀이, 바닷물이 밀려왔다가 빠져나가는 파도나 나뭇잎 사이로 새어 나오는 햇살도 보고 싶었다.

"엄청 많이, 여러 가지 다 볼 거야!"

후타바는 마음을 다지듯 짐짓 큰 소리로 맑게 갠 하늘을 향해서 말했다.

같이 장어를 먹은 사람들과는 그 뒤로도 가끔 연락을 주고받았다. 밖에 나가 직접 만나지 않아도 컴퓨터나 핸드폰으로 여러 사람들과 동시에 대화할 수 있는 화상 모임을 이용해 자주 이야기했다. 내용은 시각 장애인 마라톤 대회나 함께 걷는 방법에 대한 정보를 주고받는 게 대부분이었지만 가끔 눈이 보이지 않는 사람들에게 추천할 만한 어플이나 편리한 물품 정보도 주고받았다. 그렇게 모두에게 자극을 받으면서 언제부턴가 후타바와 엄마도 집 근처에서 함께 걷기 연습을 했다.

이게타 아저씨에게서 모임 활동을 한동안 쉬기로 했다는 연락을 받은 것은 그로부터 얼마 뒤의 일이었다. 열사병도 예방할 겸 8월 한 달은 쉬자는 메일이 왔다.

"얼마 전에 만났을 때는 그런 얘기 없었는데."

"무슨 일이 있었나?"

엄마가 여기저기 알아보니, 공원의 달리기 트랙을 사용하는 다른 사람들이 불만을 말했다고 한다. 혼자서 달리는 사람들과 달리 둘이 짝을 이뤄 나란히 달리는 모임 사람들이 방해된다며 트랙을 이용하지 말아 달라고 공원 관리소에 민원을 넣은 모양이었다. 이전에도 몇 차례 불만 사항이 들어왔다고 얼마 전 함께 장어를 먹은 사토우 씨가 이야기해 주었다.

"그런데 이번 건은 단순한 불만 사항보다는 협박에 가까웠던 모양이에요. 한 번만 더 눈에 띄면 가만히 두지 않겠다고 했다나 뭐라나……."

사토우 씨의 이야기를 들으면서 후타바는 발이 움츠려지는 불안에 사로잡혔다. 눈이 보이는 사람들에게 방해가 된다는 건 무얼지 궁금했다. 눈이 보이지 않는 후타바에게는 방해로 느껴지는 것들이 많이 있었다. 예를 들면, 제자리에 있지 않고 밖으로 튀어나와 있는 쓰레기 봉투나 가게 앞에 세워져 있는 간판은 흰 지팡이로 걸을 때 방해가 된다. 위쪽에 매달려 있는 깃발로 된 안내판이 갑자기 얼굴에 닿으면 깜짝 놀란다. 길 한복판에 세워져 있는 자전거나 오토바이, 길에 서서 정신없이 수다를 떨고 있는 사람들, 때에 따라서는 유아차나 휠체어, 캐리어도 방해가 된다. 하지만 눈이 보인다면 그런 장애물은 피할 수 있지 않을까? 볼 수 있는 사람들은 보이니까 피할 수도 있을 텐데, 하고 생각했다.

마침 엄마와 2학기부터는 학교에 가 보자고 이야기하던 중이었다. 기숙사에는 들어가지 말고 우선은 일주일에 한두 번 엄마가 출퇴근 시간을 조정해서 함께 등하교할 수 있는 날을 만들겠다고 했다. 후타바도 그렇다면 학교에 갈 수 있을 것 같았다. 그런데 담임 선생님과 면담하는 날, 후타바는 아무래도 조금은 더 쉬고 싶다고 결론을 내렸다.

"아직 밖에 나가는 게 무서우니?"

그렇게 물어보는 마츠키 선생님의 목소리는 귀에 잘 들어오는 목소리였다. 후타바는 마츠키 선생님이 어이없어 하는 것도, 동정하는 것도, 달래려는 것도 아니라는 것을 알 수 있었다. 그저 사실이 알고 싶은 사람의 진지한 목소리였다. 그래서 후타바도 솔직하게 이야기했다.

"무섭다고 생각했던 때도 있었는데요. 지금은 무섭다기보다는 제가 자신이 없는 것 같아요……."

후타바는 그렇게 대답하고 나서야 처음으로 지금 자신의 감정에 제대로 이름을 붙인 것 같았다. 후타바가 잃어버린 것은 밖에 나올 수 있는 용기만이 아니었다. 사람들을 대하는 것이 무서워졌다. 그 아저씨뿐만 아니라 눈이 보이는 사람 모두를 믿을 수 없게 되었다. 학교에 있는 선생님들은 오래 보아서 이미 좋은 분들이란 건 알고 있고, 분명 타스쿠도 곁에서 힘이 되어 줄게 분명했다. 그런데도 후타바는 스스로 납득이 가지 않으면 한걸음도 앞으로 나아가질 못하는 성격이었다.

후타바가 느리지만 차분하게 설명하자, 마츠키 선생님은 따듯한 목소리로 말했다.

"후타바가 스스로 생각해서 결정한 것이라면 선생님도 응원하고 싶어. 어머님은 어떠세요?"

"후훗, 선생님이랑 저랑 잘 맞을 거 같아요. 사실은 '자기 일은 자기 스스로'가 저희 집 모토거든요."

"어이쿠!"

엄마도 선생님도 즐거운 목소리로 이야기했다. 후타바는 두 사람이 지금 어떤 얼굴로 웃고 있는지 궁금했다. 그런데 오랜만에 신은 실내화 느낌이 이상했다. 그사이 발이 커졌나 싶었지만 아무래도 실내화에 뭔가 들어 있는 것 같았다. 학교를 나서며 실내화를 벗어 확인해 보니 나뭇잎이 들어 있었다. 집에 돌아가서 버려야겠다고 생각하고 주머니에 넣으려는데, 나뭇잎에 울퉁불퉁한 것이 느껴졌다.

'이건 혹시 점자인가?'

집에 돌아온 후타바는 정성스럽게 책상 위에 나뭇잎을 펼쳤다. 나뭇잎에는 점자로 '잘 지내?'라고 쓰여 있었다.

"타스쿠인가?"

이렇게 걱정해 주는 사람이 있다면 그건 초등학교를 함께 보낸 타스쿠 말고는 떠오르지 않았다. 그러고 보니 타스쿠는 점필을 누르는 압력이 강했다. 그래서 언제나 점필로 종이를 뚫어서 찢어 놓거나 튀어나온 부분이 뭉개지곤 했다. 옛날 일을 떠올리면서 다시 나뭇잎을 만져 보았다. 잘 지내냐는 세 글자가 이번에는 타스쿠의 목소리로 들려왔다.

타스쿠는 지금도 가끔 문자를 보냈지만 후타바는 아직 답장을 하지 못했다. 꽤 오래 어떤 답도 하지 않고 무시하고 있는 꼴이 되어 버려서, 지금까지 이야기하지 못했던 것까지 제대로 설명해야겠다고 생각하자, 오히려 더 부담이 되어서 뭐라고 쓰면 좋을지 더욱 알 수가 없어졌다. 그렇지만 이번에야말로 꼭 답장을 하자고 마음먹었다. 지금까지 답장 못 해서 미안하다고 제대로 사과도 하자.

며칠이 지난 어느 날, 후타바가 아침으로 빵에 딸기쨈을 바르고 있는데 엄마가 오늘은 월차를 써서 학교에 서류를 내러 가야겠다고 했다.

"나도 같이 가도 돼? 학교에 신발장이 있는 현관까지 같이 가고 싶어."

후타바는 지금이야말로 타스쿠에게 답장을 전해야 할 때라고 생각했다.

만나러 가고 싶어.

타스쿠는 방학마다 가족들과 여행을 갔다. 여름은 아빠 고향인 오키나와로 겨울은 엄마 고향인 이시카와로 갔다. 호텔에서 며칠 보낸 뒤에 할아버지와 할머니의 집으로 가는 게 매년 반복된 행사가 되었다. 친척들과도 오랜만에 만났다.

"갈아입을 옷은 챙겼고, 모자 챙겼고, 비치 샌들 챙겼고, 수영복까지 좋았어."

타스쿠는 여행 가방 어디에 무엇을 넣었는지 하나하나 소리를 내어 확인하면서 꼼꼼하게 짐을 쌌다.

"방학 숙제는 여기 있고, 점판이랑 점필이랑 종이는 여기에. 그렇지, 핸드폰 충전기도 챙겨야지. 좋았어. 이걸로 완성이다!"

일단은 지퍼를 잠그기는 했지만 아무래도 뭔가 빠진 것 같았다. 손으로 조심스럽게 마루 위를 더듬어 간다. 손가락 끝에 접이식 흰지팡이가 닿는 순간 타스쿠는 서둘러서 손을 뺐다.

츠카다 선생님에게 대든 뒤로 흰지팡이를 멀리했다. 방학이라 어디 나갈 때는 가족들의 도움에 의지하기만 할 뿐. 제대로 연습도 하지 않았다. 될 대로 되라는 마음에 자포자기하는 날이 있는가 하면, 흰지팡이에 생긴 작은 흠집을 타월로 닦으면서 감사한 마음이 드는 날도 있었다. 츠카다 선생님의 말이나 행동을 떠올리며 짜증이 나기도 했다가, 슬픈 이야기 속 주인공처럼 굴고 있는 자기 자신에게 짜증이 나기도 했다. 그날 일을 떠올리면 어찌할 바를 모르겠고, 누구에게고 크게 소리치고 싶어졌다. 타스쿠는 손을 뻗어 흰지팡이를 만졌다가 다시 손을 뺐다. 고민 끝에 흰지팡이를 손이 닿지 않는 곳에 처박아 버렸다.

오키나와에서는 호텔 수영장에서 실컷 놀았다. 바로 옆에 바다가 있어서 호텔 안 수영장에 있는데도 파도 소리가 들려왔다. 그래서 마치 바다에서 수영을 하고 있는 것 같았다. 몸이 차가워지면 의자에 누워서 뜨거운 햇살을 온몸으로 맞았다. 그것도 지겨워지면 호텔 앞 해변을 가족들과 함께 산책했다. 파슬파슬한 모래에 지금이라도 당장 신발이 빨려 들어가 버릴 것 같았다. 태양을 곧바로 쳐다보는 것도 아닌데 눈꺼풀에 강한 빛이 느껴지는 것이 이상해서 아빠한테 물었더니 모래가 흰색이라 햇빛을 반사시켜 그럴 거라고 했다.

"기분 좋다."

타스쿠는 모래에 발을 붙잡혀서 비틀거리면서도 몇 번이고 그렇게 말했다. 흰지팡이를 들지 않고 누군가의 팔꿈치를 잡을 필요도 없이 마음이 가는 대로 걷는 것은 정말 좋았다. 그저 걷는 것뿐인데 몹시 즐거웠다. 여기에서는 어떤 식으로 걷든 상관없다고 생각하자 타스쿠는 하늘보다도 넓은 자유를 느꼈다. 점점 가슴이 두근거리고 더욱 발걸음이 가벼워졌다. 어떤 도움 없이 자기 몸으로 걷는다는 것은 얼마나 멋진 일인지! 이 자유로움이 견딜 수 없이 좋았다.

그러다 갑자기 이런 생각이 들었다. 만약에 집에서 오키나와의 이 호텔까지 내 힘으로 올 수 있게 된다면 어떨까. 어쩌면 훨씬 더 황홀한 기분을 느낄 수 있을지도 모른다. 그런 식으로 생각하는 것 자체가 예전의 타스쿠로는 상상할 수 없는 일이었다.

작년은 9월까지 끈질기게 더운 날이 이어졌다. 너무 더워서 채소가 잘 자라지 않는다고 연일 뉴스에서 보도하기도 했다. 그런데 올해 더위는 추석까지였던 모양이다. 타스쿠와 가족들이 오키나와에서 돌아오자마자 계절과 맞지 않게 비가 오는 날이 이어졌다. 그리고 겨우 햇빛이 돌아왔구나 했더니 어느새 타스쿠가 집에서 보낼 수 있는 여름 방학은 끝나 있었다. 수업이 시작하는 것은 9월부터였지만 기숙사에서 생활하는 학생들은 8월 마지막 주에는 기숙사로 돌아와야 했다. 늘어졌던 생활 방식을 학교에 적응한 뒤 새학기를 맞이하기 위해서라고 했다.

2학기 첫날, 타스쿠는 자기도 모르게 늦잠을 잤다. 아침 점호 시간 문 두드리는 소리에 겨우 잠을 깼다. 그러고 보면 1학기 초반에도 간신히 지각을 면하는 날이 많았다. 새롭게 같은 반이 된 친구들에게 마음을 여는 것이 쉽지 않아서 쉬는 시간에는 친구들이 즐겁게 떠드는 소리를 혼자서 가만히 듣고만 있었다. 통학로를 혼자서 걸을 자신도 없어서 운동장을 가로질러 등교했었다. 겨우 몇 달 전인데 마치 오래전 일 같았다.

타스쿠가 그런 생각을 하며 혼자서 교실로 가고 있는데 진나이 아저씨가 다가왔다.

"좋은 아침, 타스쿠! 희소식이 있어! 아, 요즘은 희소식이라는 말 안 써서 모르려나. 그러니까 굿 뉴스야!"

진나이 아저씨는 평소답지 않게 흥분한 듯한 말투로 이야기를 시작하더니 잠시 말을 멈추고 타스쿠의 어깨를 힘주어 잡았다.

"왔어!"

"오다니요?"

"후타바 말이야! 후타바가 여름 방학 때 학교에 왔었다니까!"

"네?"

8월이 되고 얼마 지나지 않았을 때, 후타바가 엄마와 함께 학교에 왔다고 했다. 후타바와 엄마는 학교에 한 시간도 채 머물지 않았지만, 후타바가 건강한 모습으로 학교에 온 것만으로 진나이 아저씨는 몹시 기뻤다며 진심으로 밝은 목소리로 말했다.

"엄마랑 함께 온 걸 보면 아마 사무적인 일이었던 것 같긴 한데 말이야. 내가 후타바를 보고 반가워서 그만 '오랜만이다. 잘 지냈어?' 하고 말을 걸었는데, 너무 갑자기 말을 걸어서 후타바를 놀라게 한 것 같아."

아저씨가 허둥지둥 이름을 밝히자, 그제야 후타바는 진나이 아저씨를 기억했다고 한다.

타스쿠는 한껏 기대하며 물었다.

"그래서 오늘은요?"

아저씨는 조금 힘 빠진 목소리로 말했다.

"나도 말이야, 어쩌면…… 싶어서 오늘 아침은 특히 신경을 써서 봤어. 근데 아직까지 안 왔어. 지각이 되겠지만 늦게라도 올 가능성은 있지 않을까? 엄마랑 함께 온 거지만 어쨌든 밖에 나올 수 있을 정도는 회복했다고 생각해도 되지 않겠어?"

그때 타스쿠는 번뜩 뭔가가 떠올랐다. 1학기 마지막 날 후타바의 신발장에 넣어둔 동백나뭇잎이 생각난 것이다. 진나이 아저씨의 팔꿈치를 잡고 현관까지 빠른 걸음으로 가면서 타스쿠의 심장은 크게 쿵쾅거렸다. 답장이 있었으면 하고 바라면서도 한편으로는 후타바가 나뭇잎을 발견하지 못했으면 좋겠다는 마음도 있었다. 보들보들한 토끼 스티커가 붙은 후타바의 신발장 앞에서 타스쿠는 두근두근 떨리는 마음으로 손을 넣었다.

"없어……."

그날, 타스쿠가 몰래 넣어 두었던 나뭇잎은 사라지고 없었다. 이번에는 자기 실내화 칸에 손을 넣었다. 만약에 답장이 왔다면 이곳이 틀림없다는 생각이 들었다. 까슬까슬한 돌가루들이 손에 걸리는 것도 상관하지 않고 타스쿠는 실내화 칸 구석구석을 더듬었다.

"있다!"

실내화 칸 깊숙한 곳에서 작게 꼭꼭 접은 쪽지를 발견했다.

지금은…… 아직 학교에 갈 수 있을 것 같지 않아.

언젠가 반드시 설명할게. 기다려 줘. 미안해.

생물 수업 중, 타스쿠는 이미 몇 번이고 읽은 후타바의 편지를 외투 주머니 속에서 처음부터 마지막까지 천천히 매만졌다. 타스쿠는 초등학교에 들어오기 전까지 점자를 읽지도 쓰지도 못했다.

타스쿠가 눈이 보이지 않게 된 것은 다섯 살 때였다. 볼거리가 원인이었다. 한밤중 화장실에 가고 싶어서 잠이 깼는데 눈앞에 뿌연 어둠이 퍼져 있었다. 처음에는 밤이니까 당연히 어두운 거라고 생각하고 옆에서 자고 있던 엄마를 깨웠다. 엄마는 불을 켜 줄 테니까 혼자 화장실에 갔다 오라고 말했다. 탁, 하고 방에 불을 켜는 스위치 소리가 들렸다. 그런데도 평소처럼 환해지지 않았다. 눈앞은 여전히 뿌옇고 어두운 채였고, 같은 색의 공기가 방뿐만 아니라 타스쿠 자신도 에워싸는 것 같았다. '어두워서 잘 안 보여.' 하고 타스쿠가 말하자 엄마가 숨을 헉하고 멈추는 소리가 들렸다. 무서운 마음에 타스쿠가 울기 시작하자 엄마가 아빠를 깨웠다. '좀 일어나 봐요. 타스쿠가…….' 엄마의 목소리는 평소와 많이 달랐다.

구급차는 금방 도착했지만 차 안에서 오줌을 싸 버린 일은 지금도 생생하게 기억하고 있다. 볼거리는 다 나아서 퇴원했지만 타스쿠는 이불에서 나올 수 없었다. 눈을 뜨고 있어도 감고 있어도 어두운 세계가 계속되는 것이 견딜 수 없이 무서웠다.

게다가 타스쿠를 에워싼 그 검은 공기는 너무나도 무거워서, 타스쿠가 무엇을 하든 찾아왔다. 자고 있을 때조차 타스쿠를 눌러 뭉개 버리려고 했다. 그 엄청난 무게에 처음에는 숨을 쉬는 것도 힘들 정도였다.

비슷한 처지일 시각지원학교 친구라면 이런 느낌을 이해해 줄지도 모른다고 생각했다. 초등학교에 입학한 뒤, 타스쿠는 후타바에게 자신이 느꼈던 것을 털어놓았다.

"나는 조금도 무섭지 않아."

기대와 다른 대답에 타스쿠는 실망했다. 모처럼 자신과 같은 상황의 사람을 만나서 동질감 비슷한 걸 느꼈다고 생각했는데 아니었던 모양이다. 그대로 타스쿠가 입을 다물어 버리자, 후타바가 이어 말했다.

"있잖아, 내가 마법을 걸어 줄게."

"뭐야 그게?"

고칠 수 있는 약도 없다는데 마법이라니, 타스쿠는 코웃음을 쳤다.

"앞으로 네가 뭐든 새로운 걸 할 수 있게 되면 검고 무거운 게 조금은 사라질 거야. 한 가지씩 할 수 있는 게 늘어나면 늘어날수록 조금씩 무거워지지 않게 되는 거지. 그리고 말이야, 타스쿠가 뭐든지 혼자서 할 수 있게 되면 전부 사라질 거야!"

타스쿠는 눈이 보이지 않게 된 뒤로는 이전에 혼자 할 수 있었던 거의 모든 일을 할 수 없게 되었다. 공원에서 마음껏 놀지도 못하고 텔레비전을 보고 웃을 수도 없었다. 그런 타스쿠에게 후타바는 너도 언젠가는 혼자서 무엇이든 할 수 있게 될 거라고 의심 없이 말해 준 것이다. 그때는 오히려 그런 후타바가 이상해 보였다.

그런데 함께 학교를 다니면서 타스쿠는 할 수 없던 일을 후타바는 할 수 있다는 것을 알게 되었다. 점자를 읽고 쓰는 일, 물건에 부딪히지 않게 걷는 일, 멀리서 들리는 목소리로 그것이 누군지 맞추는 것까지.

그때까지 타스쿠는 자신이 무언가를 할 수 없는 건 눈이 보이지 않기 때문이라고 생각했다. 그렇지만 그 생각이 틀렸다는 걸 깨달았다. 타스쿠는 자신의 노력이 부족했음을 인정하지 않을 수 없었다. 그리고 언제부턴가 후타바가 할 수 있는 일은 나도 할 수 있을 거라는 믿음도 생겼다.

그렇지만 어두운 밤보다도 어둡고 납덩이보다 무겁게 타스쿠를 누르던 그 녀석은 그 후로도 가끔씩 타스쿠 앞에 나타났다. 친구들과 패스트푸드점에 갔던 날도 갑자기 나타나서 타스쿠를 아무것도 하지 못하게 만들었다. 아직 할 수 없는 일이 많아서인지 아직 완전히 사라지지는 않았다. 하지만 그때보다 가벼워진 것은 사실이다. 더 이상 가슴이 고통스럽지 않았다. 편안하게 숨을 쉴 수 있었다. 소리만이지만 텔레비전이나 유튜브를 즐길 수 있고 점자도 읽고 쓸 수 있게 되었다. 그 밖에도 여러 가지 할 수 있는 것들, 즐겁다고 생각되는 일이 늘어났다. 그건 전부 후타바

덕분이라고 타스쿠는 늘 생각했다.

타스쿠는 한 번 더 후타바의 쪽지 맨 첫 글자에 손가락을 올려 보았다. 쪽지에 자세한 내용이 쓰여 있지는 않았지만, 지금 이 순간도 후타바가 무언가와 싸우고 있다는 느낌이 전해졌다.

'역시 만나러 가자. 만나서 후타바와 이야기하는 거야.'

그러기 위해서 우선 츠카다 선생님에게 그날의 일을 제대로 사과해야 했다. 타스쿠가 다시 마음을 잡고 제대로 수업을 받아야 겠다고 새롭게 목표를 확인했을 때, 마츠키 선생님이 소리 나게 손바닥을 쳤다.

1학기 식물 관찰로 시작한 생물 수업은 곤충 관찰을 지나 2학 기부터는 동물을 관찰했다. 지금 타스쿠와 친구들의 실험대 위에는 한 사람마다 하나씩 동물 뼈가 놓여 있다고 선생님은 말했다.

"동물 뼈를 관찰하기 전에 원래는 살아 있었던 것들에게, '고마워. 만져 볼게. 많이 알려줘.' 하는 마음을 담아서 묵념하자."

묵념을 끝내자는 뜻으로 선생님이 낸 손바닥 소리에 타스쿠는 생각을 멈추고 주머니에서 손을 뺐다. 그 손으로 조심조심 눈앞에 있다는 뼈를 찾았다.

"지금부터 우리가 관찰할 뼈는 어떤 동물의 몸 전체일 수도 있고 어떤 부분일 수도 있어요."

지레짐작하지 않도록 어떤 종류의 동물인지는 비밀이라고 덧붙였다.

사쿠라이가 물었다.

"이거 진짜예요?"

쿠리타도 놀란 목소리로 말했다.

"치킨 먹을 때랑은 완전히 다른데!"

"생각했던 것보다 너무 커!"

히카루가 말한대로 타스쿠 앞에 놓여있는 뼈도 양손으로 겨우 다 감쌀 수 있을 정도로 컸는데, 옆으로 드러누운 듯한 모습을 하고 있었다. 타스쿠는 그 크기나 모습보다도 맨손으로 무언가의 뼈를 만지고 있다는 사실에 더 긴장되었다. 예전에는 지구 어딘가에서 살고 있었을 이 동물을 상상했다.

'친구들은 있었을까? 날개는? 혹시 발은 빨랐을까? 어쩌다가 죽어 버린 걸까?'

타스쿠는 뼈를 만졌던 손으로 이번에는 자기 몸을 더듬어 보았다. 이 뼈가 있었다면 어디쯤에 있었을지 상상하고 있는데 선생님이 타스쿠에게 말했다.

"자, 그럼 타스쿠부터 뼈를 만져 보고 어떤 생각이 들었는지 이야기해 줄래?"

"어…… 이 뼈는 둥글지만 울퉁불퉁하기도 하고, 가만히 만져

165

보면 구멍이나 움푹 팬 부분도 있습니다."

"구멍과 움푹 팬 부분! 갑자기 훌륭한 키워드가 등장했네요. 아까도 설명했듯이 지금 여러분들이 관찰하고 있는 뼈는 어떤 동물의 몸 전체일 수도 있고 한 부분일 수도 있어요. 각자 어느 쪽이라고 생각하는지 또 그 이유는 무엇인지 함께 대답해 봅시다. 지금 타스쿠의 발표가 큰 힌트가 되겠네요."

히카루 얼른 말했다.

"저는 부엉이 뼈라고 생각합니다! 이유는 이 뼈를 세로로 세우면 저희 집 현관에 있는 부엉이 장식품이랑 비슷하기 때문입니다."

"다시 말해서 부엉이 몸 전체 뼈라는 말인가요?"

마츠키 선생님이 물어보자 히카루는 씩씩하게 대답했다.

"네!"

사쿠라이가 뒤이어 말했다.

"저는 몸 전체가 아니라 일부분인 것 같아요. 이유는 손이나 발일 것 같은 부분이 만져지지 않기 때문이에요."

쿠리타가 태연스레 말했다.

"저도 일부분인 것 같습니다. 이유는 고민 중입니다."

히카루가 한 소리 했다.

"그러면 이유까지 다 고민한 다음에 말해."

마츠키 선생님이 다시 타스쿠에게 물었다.

"타스쿠는 어떻게 생각했나요?"

"저도 일부분이라고 생각합니다. 정확히는 모르겠지만 머리인 것 같아요."

"어째서 그렇게 생각했지?"

"여기 앞쪽에 튀어나와 있는 게 이빨이 아닐까 하고 생각했어요. 근데 이빨이라고 하기에는 아래쪽이 없는 것 같긴 하지만……."

그렇게 대답하자 마츠키 선생님의 발소리가 멀어져 갔다. 선생님은 비닐이 바스락거리는 소리를 내면서 교실 안쪽에서 뭔가를 가지고 나왔다. 연이어 봉투 안에서 뭔가를 꺼내는 소리가 들렸다. 선생님은 타스쿠와 친구들 앞에 하나씩 무언가를 나눠 주었다.

"지금 추가로 나눠 주는 것은 동물의 아래턱에 해당하는 부분입니다. 그렇다는 것은 타스쿠 말이 정답입니다! 여러분들이 관찰하고 있는 것은 어떤 동물의 두개골이라고 부르는 부분입니다."

선생님 말대로 두개골과 아래턱 뼈를 붙여 보니 위아래 이빨이 정확하게 맞아떨어졌다.

"으아, 세상에!"

"퍼즐 같아."

히카루와 사쿠라이가 들뜬 목소리로 말했다. 방금까지 긴장했던 것이 거짓말처럼 느껴질만큼, 정신을 차리고 보니 타스쿠도 완전히 집중해서 뼈를 만지고 있었다.

'눈이 있던 구멍은 어디고, 귀가 있던 구멍은 어디일까? 코가 있던 구멍은 어디 있지?'

마츠키 선생님은 목이 있던 자리에도 주목하라고 말했다. 두 개골을 힌트로 이 동물이 육식 동물이었는지 초식 동물이었는지도 알 수 있다고 했다.

타스쿠와 친구들은 자신의 머리와 골격 표본을 비교하면서 공책에 관찰한 것을 정리했다.

통통통.

콩콩콩.

콕콕콕.

같은 동작이라도 점필의 압력이나 속도가 저마다 달라서 점필이 종이를 뚫는 소리도 제각각이었다. 당연하다고 말해 버리면 그뿐이겠지만, 타스쿠는 마음속 깊이 한 사람 한 사람이 모두 다르구나 하고 새삼스레 생각했다. 이곳에 후타바가 있다면 또 다른 소리가 들려왔을 것이다. 언제나 처음 누르는 압력만 유독 강했던 후타바의 점자가 생각났다. 타스쿠가 주머니에 넣어둔 쪽지에도 첫 글자만 세게 눌려 있는지 확인하려는데, 수업 끝을 알리는 종이 울렸다.

다음 날은 2학기 첫 번째 흰지팡이 보행 수업이 있는 날이다. 타스쿠는 어떤 말로 사과를 해야 하나 온통 그 생각만 하느라 좋아하는 프렌치토스트가 나온 아침 식사를 반이나 남겼다.

츠카다 선생님과는 언제나처럼 기숙사 현관 앞에서 만나기로 했다. 흰지팡이를 들고 교실을 막 나서는데 곁에서 츠카다 선생님의 목소리가 들려왔다.

"오, 타스쿠 마침 잘됐다!"

"어, 왜 여기?"

자기도 모르게 얼빠진 목소리를 내고 말았다.

츠카다 선생님이 오늘은 교통 규칙에 대해 복습한다고 말하며 데려간 곳은 학교 북쪽 건물 4층에 있는 자립 지원실이었다. 이름 그대로 시각 장애인 학생들이 스스로 무엇이든 할 수 있도록 돕는 선생님들이 사용하는 교실이다. 점자를 읽고 쓰는 법, 바느질, 전자렌지나 세탁기, 드라이어 사용법을 배우기도 했다. 메이크업이나 네일아트를 배우고 싶어 하는 학생들도 있었다.

미닫이문을 밀어서 열었을 때 츠카다 선생님은 교실 구조를 간단하게 알려 주었다.

"여기는 오른쪽으로 90도 회전시킨 L자형으로 되어 있어. 입구에서 곧장 앞으로 5~6m 정도 걸어가면 창문이 있는데, 그 앞에 책상과 의자가 있으니까 앉으면 돼."

의자에 앉아서 기다리고 있는데 교실 안쪽으로 사라졌던 츠카다 선생님의 발소리가 다시 타스쿠가 있는 쪽으로 돌아왔다. 책상 위에 뭔가를 놓는 소리가 났다. 얼굴 바로 아래에서 딱딱한 질감의 소리가 들렸다. 타스쿠는 소리가 들린 쪽으로 오른손을 뻗었다. 손가락 끝에 닿은 것은 나무 같은 감촉의 물건이었다. 두께도 꽤 있었다. 전체 모양을 알기 위해서 왼손도 뻗었다. 양손으로 만지니 단번에 볼 수 있는 세계가 넓어졌다.

책상 위에 놓인 것은 바둑판 같다고 해야 하나. 크기는 40cm 정도의 정사각형으로 뭔가 표면에 얇고 폭이 넓은 홈이 십자형으로 파여 있었다.

"이게 무슨 모형인지 알겠어?"

츠카다 선생님의 질문에 타스쿠는 바로 대답하지 못했다.

"이걸 만져 보면 어때? 조금은 짐작이 가지 않을까?"

선생님이 손에 쥐어 준 것은 장난감 자동차였다.

"앗, 혹시 교차로 모형이에요?"

"못 알아채면 어쩌나 얼마나 조마조마했다고. 다행이다. 타스쿠는 예전에는 눈이 보였다고 했지?"

"네, 맞아요."

"그렇다면 이건 뭔지 알겠어?"

이번에도 단번에 알아채지는 못했다. 깃발 같은 형태를 한 작은 나뭇조각이었는데 깃발이라고 하기에는 옆으로 뻗어 있는 기둥 부분이 너무 길었다. 둥글게 움푹 팬 부분이 세 개나 있는 것도 특이했다.

"나무 합판을 조각칼로 파서 만들기는 했는데 너무 힘들더라고. 그렇다고 중요한 건데 포기할 수가 있어야지."

"혹시 이거 신호등이에요?"

"정답!"

츠카다 선생님은 선천적으로 눈이 보이지 않았던 경우에는 본 적도 없는 것을 상상력만으로 이해하는 것은 무리가 있다면서 말을 이었다.

"실제 신호등을 만져 본다고 해도 얻을 수 있는 정보는 콘크리트 재질의 거대한 원기둥이 위로 쭉 뻗어 있다는 것뿐이잖아? 전신주랑 다른 점이 있다고 하더라도 만져 보기만 해서는 알 수가 없어."

그런 것들은 이런 식으로 축소판 모형을 만들어 직접 만져 보면서 이해를 돕는다고 했다. 선생님은 타스쿠의 손에서 장난감 자동차를 빼서 타스쿠도 알 수 있도록 일부러 소리를 내어 교차로 모형에 올려놓았다. 장난감 자동차 대신에 타스쿠의 손에 쥐여 준 것은 사람 모양의 레고 블록이었다.

타스쿠가 별생각 없이 사람 모양의 블록을 움직여서 횡단보도를 건너게 하려고 했을 때, 츠카다 선생님도 장난감 자동차를 움직이는지 끼이익, 하는 작은 플라스틱 타이어 돌아가는 소리가 들렸다.

"눈이 보이지 않는 사람들에게 자동차는 언제나 앞을 향하고 있는 것 같지만, 사실 자동차는 우회전도 할 수 있어."

그렇게 말하며 모형 교차로에서 타스쿠의 인형과 장난감 자동차를 부딪히게 했다. 실제라면 이건 사람이 크게 다치는 위험한 사고다.

"신호가 초록색이 된 것을 확인한 뒤에 횡단보도를 건너기 시작했는데 갑자기 차가 우회전해서 들어와서 깜짝 놀랐다는 이야기는 의외로 많아."

여름 방학 동안에 교차로에서 시각 장애인이 휘말린 충돌 사고가 있었다고 했다. 그 사건을 보고 선생님은 교차로 모형을 만들었다고 말했다.

"사실은 내가 고등학생일 때 우리 집 근처에서 비슷한 사고가 있었어."

음향 신호기가 설치되어 있지 않은 횡단보도를 새벽에 혼자 건너던 시각 장애인이 달리는 오토바이에 치이는 사고가 있었다고 했다.

타스쿠는 혹시나 하는 마음에 물었다.

"빨간 신호인데 건넌 거예요?"

"맞아. 시각 장애인이 빨간불인데 건넌 모양이야."

츠카다 선생님의 대답에 타스쿠는 꿀꺽하고 마른침을 삼켰다. 음향 신호기는 버튼을 누르면 음악 소리가 나와 어느 쪽 신호등이 초록색인지 알려줄 뿐만 아니라, 그 소리를 의지해서 소리가 들리는 방향으로 걸을 수 있게 함으로써 횡단보도에서 크게 벗어나지 않고 끝까지 건널 수 있도록 도와준다. 그렇지만 음향 신호기가 설치되어 있지 않은 횡단보도도 있다.

언젠가 쿠리타가 투덜거렸던 것처럼, 타스쿠와 친구들은 자동차가 달리는 소리를 유심히 듣고 그 소리가 평행 방향에서 들려오는지 수직 방향에서 들려오는지에 따라 어느 쪽의 신호가 초록불인지 추측했다. 자동차가 달리는 소리가 멈추고 자동차가 정지했을 때 엔진이 낮게 회전하는 소리를 듣고서 이제 곧 신호가 바뀔 거라 추측했다. 말 그대로 이건 추측일 뿐이다. 그 판단이 틀렸을 경우 큰일이기 때문에, 추측이 맞는지 보기 위해 한 번은 초록 신호를 건너지 않고 그냥 기다렸다. 초록 신호가 끝나고 차들이 다시 달리기 시작하면 그제야 조금 전의 추측이 맞았다고 확인할 수 있었다. 그러고 나서 다음번 초록 신호가 되면 그때 건넜다.

츠카다 선생님은 고등학생 때 일이 떠오르는지 떠듬떠듬 이야기를 이어갔다.

"새벽이었던 탓에 근처에 걷고 있는 다른 사람들이 없었던 게 아닐까 싶어. 달리는 차가 없으니 자동차 엔진 소리로 신호를 추측할 수도 없고. 다른 방법이 없었을 거라고 생각해."

"그래도, 그렇다고 해도……."

타스쿠가 뭔가 말하려고 하자 츠카다 선생님이 먼저 대답했다.

"그래, 고등학생이었던 나도 지금의 타스쿠처럼 생각했어. 그런 이유로 생명을 잃어서는 안 된다고 말이야. 눈이 보이지 않으니 사고를 당해도 어쩔 수 없다고 생각하고 넘어가도 되겠냐고. 눈이 보이는 다른 사람들과 같은 세계에서 살아가고 싶다면 목숨 정도는 바치라고? 그건 아니라고 생각해. 나뿐만이 아니야. 이 일을 하는 사람이라면 누구나 그렇게 생각할 거야."

타스쿠는 문득 여름 방학 전 마지막 수업을 떠올렸다. 그때 타스쿠는 츠카다 선생님이 눈이 보인다는 이유만으로 화가 나서 마구 대들었다. 선생님은 그때 일이 신경 쓰여서 이 이야기를 해 주는 건지도 모른다. 츠카다 선생님이 진지하게 흰지팡이 연습을 도와주고 있다는 게 전해졌다. 그렇다고 해도 타스쿠의 불안이 완전히 사라진 것은 아니었다.

'선생님이 이야기해 준 상황에서 나는 올바르게 판단할 수 있을까? 아니, 그것보다 자신만만하게 바깥 세계를 걸어 다닐 수 있는 시각 장애인이 대체 얼마나 있을까?'

타스쿠가 잔뜩 불안해하고 있을 때, 츠카다 선생님의 온화한 목소리가 들렸다.

"약속할게. 내가 알려 줄 수 있는 건 모두 타스쿠에게 알려 줄 거야. 그 대신이라기엔 좀 그렇지만, 언젠가 또 벽에 부딪히는 일이 생기더라도 포기하지 말고 꾸준히 연습했으면 해. 타스쿠가 할 수 있게 될 때까지 계속 도전하는 강한 마음을 가졌으면 좋겠어."

예전의 타스쿠라면 쉽게 말하지 마세요, 하고 심통이 나서 불만을 쏟았을지도 모른다. 눈이 보이니 얼마나 편하겠느냐고 못난 소리를 했을지도 모른다. 그렇지만 지금 타스쿠에게는 후타바에게 가고 싶다는 확실한 목표가 있었다. 언젠가 반드시 그곳에 가겠다고, 어제 다시 한번 문자를 보내둔 참이었다.

"노력할게요. 하기 싫다는 생각이 또 들지도 모르지만……."

자기도 모르게 맘 약한 소리를 해 버렸을 때, 타스쿠 손 위로 선생님의 손이 올라왔다.

"그때는 또 그때. 서로 이야기하면서 해결하면 되지."

타스쿠는 츠카다 선생님을 믿기로 했다. 예전에 자신이 후타바를 믿은 뒤로 여러 가지 할 수 있는 일들이 늘어났던 것처럼, 이번에는 츠카다 선생님을 믿고 연습하기로 했다.

2학기 때는 지하철역까지 가는 길을 걸으며 연습하기로 했다.

"실제로 지하철을 타는 건 빨라도 12월쯤이 되지 않을까 싶어. 그때까지는 역의 구조를 잘 파악해 둬야겠지."

츠카다 선생님이 말한 대로 다음 주부터 수업하는 장소가 달라졌다. 1학기 때 걸었던 주택가는 자동차가 거의 다니지 않았다. 하지만 2학기에 흰지팡이 수업을 하는 곳은 큰길 가까이 있고 근처에 고등학교도 있어서 자동차뿐 아니라 사람들도 많이 다녔다. 대신 점자 블록이 설치되어 있고 가야 할 길을 머릿속으로 떠올릴 때 지표로 삼을 만한 것이 많다고, 츠카다 선생님은 타스쿠를 안심시키려는 듯 말했다.

"오늘은 첫날이니까 학교에서 역까지의 길을 대충 파악해 보자."

타스쿠가 선생님의 팔꿈치를 잡고 걷는 길은, 예전에 연휴 마지막 날 친구들과 함께 걸었던 바로 그 길이었다. 선생님은 어떤 것에 주의하면 좋은지 알려 주었다. 예를 들면 큰 도로가 서로 교차하는 지점에서는 도로에서 들리는 소리에만 신경을 뺏기지 않도록 주의하라거나, 이 교차로는 초록 신호가 유지되는 시간이 길지 않기 때문에 조금은 빠른 걸음으로 건너야 한다거나,

여기서부터는 길이 좁아지기 때문에 우체통을 만진 뒤로는 얼른 오른쪽으로 붙으라는 식이었다.

지금까지의 걷던 방향과 달리 자동차 소리가 수직 방향에서 들려오기 시작했을 때, 츠카다 선생님이 발을 멈췄다.

"방금 핑퐁, 하고 울리는 소리 들었니?"

시각 장애인을 위한 음성 유도 장치 소리라고 했다. 지하철 입구나 역의 개찰구, 병원이나 시청, 도서관 입구 등 공공장소에 설치되어 있는 경우가 많다고 했다. 그러고 보니 집 근처 역에서도 들었던 것 같았다. 타스쿠가 여름 방학 동안 오키나와에 갈 때 지하철을 타고 하네다 공항까지 갔다는 이야기를 했더니, 츠카다 선생님은 음성 유도 장치 외에도 신경 쓰였던 소리나 좋아하는 소리가 있었냐고 물었다.

"타스쿠한테 제일 기억에 남은 소리는 뭐야?"

"기억에 남았던 소리라면, 오키나와 호텔 레스토랑에서 들은 얼음 소리 같은데요?"

점심을 먹으러 들어간 레스토랑에서 잠깐이지만 사이렌이 울린 적이 있었다. 으르렁거리는 것 같기도 하고 소리치는 것 같기도 한 날카로운 소리에 타스쿠는 순간 몸이 얼어붙었다. 잠시 뒤 사이렌이 그치고 조용해지자 타스쿠 귀에 댕그랑댕그랑, 하는 투명하고 맑은 소리가 들렸다. 풍경과는 또 다른 맑은 소리였다. 공허한 느낌이면서 뭔가 존재감 있는, 마음속까지 깨끗하게 해 주는 아름다운 소리였다. 소리가 나는 곳을 확인해 보려고 자연스럽게 오른손을 움직이려는 순간, 자기가 오른손에 쥐고 있던 빨대로 얼음이 든 유리잔을 휘젓고 있다는 것을 알아차렸다. 아무래도 얼음이 유리잔에 부딪히면서 낸 소리였던 모양이다. 타스쿠는 지금 자신의 귀에 들린 것이 전투기나 사이렌 소리가 아니라서 정말 다행이라고 진심으로 생각했다.

타스쿠의 이야기를 듣고 있던 츠카다 선생님이 말했다.

"멋있는 소리였겠네. 오늘 여기까지 기왕 왔으니까 개찰구까지는 가 볼까?"

타스쿠는 말도 안 되게 긴 계단을 계속 내려갔다. 땅 위도 다 파악하지 못했는데 그보다 한참 아래에 지하철이 달리고 있고 그보다 한참 위에는 비행기가 날고 있다니, 새삼스레 이 세계가 정말 굉장하다는 생각이 들었다. 분명 상상도 할 수 없을 정도로 엄청 넓을 것이다.

음성 유도 장치 소리의 안내를 받듯이 개찰구까지 걸어갔다가 다시 돌아가기로 했다. 두 사람은 다시 한번 긴 계단을 올라서 땅 위로 나왔다.

"아직 조금 시간이 있으니까, 돌아갈 때는 타스쿠가 갈 수 있는 데까지 흰지팡이로 걸어가 보자. 괜찮아. 타스쿠가 위험해지기 전에 꼭 도와줄 테니까."

조금 용기가 필요했지만 츠카다 선생님의 말에 타스쿠는 떨리면서도 접이식 흰지팡이를 폈다.

스-윽, 스-윽.

우선은 슬라이드 방식으로 지금 자기가 서 있는 곳의 점자 블록을 찾았다. 점자 블록에는 선 형태로 된 유도 블록과 점 형태로 된 경고 블록 두 종류가 있다. 유도 블록은 앞으로 가야 할 방향을 표시해 주는 것이고, 경고 블록은 계단이나 횡단보도 앞, 길이 갈라지는 분기점이나 장애물 등 위험을 알리고 싶은 장소에 설치하는 블록이다.

타스쿠는 흰지팡이 끝부분으로 유도 블록의 선이 뻗어 있는 방향을 신중하게 살폈다. 학교까지 가는 길 도중에 지표가 될 만한 부분을 떠올리면서 머릿속으로 가야 할 길을 떠올려 보았다.

"목적지부터 반대로 계산해서 오른발과 왼발 어느 쪽을 점자 블록에 올리는 편이 좋을 것 같아?"

츠카다 선생님의 질문에 타스쿠는 잠시 생각한 뒤에 대답했다.

"오른발이요."

보통 시각 장애인이 점자 블록 바로 위를 걷는다고 생각하기 쉽지만, 신발 바닥으로 느낄 수 있는 울퉁불퉁한 감각은 아주 적다. 눈이 보이는 사람들도 점자 블록 위를 걸어 보면 신발 바닥을 통해 블록을 판단하는 것이 얼마나 어려운 일인지 알 수 있을 것이다.

선생님은 한쪽 발은 평평한 바닥에 둔 채로, 왼쪽으로 돌아야 한다면 왼발을 점자 블록에, 오른쪽으로 돌아야 한다면 오른발을 점자 블록에 두라고 알려 주었다. 이렇게 하면 점자 블록이 두 방향으로 갈라질 때 다른 발로 그걸 알아차리기 쉽기 때문이라고 했다.

타스쿠는 슬라이드 방식으로 걷기 시작했다. 처음으로 흰지팡이로 걷는 길은 아무리 알고 있는 장소라고 해도 긴장이 되었다. 흰지팡이를 쥐고 있는 손과 귀에 온 신경을 집중시키고 언제 어떤 일이 벌어져도 재빨리 멈출 수 있도록 신중하게 걸어갔다. 그저 걷기만 할 때는 평평하다고 느끼던 곳도 흰지팡이로 걸어 보면 울퉁불퉁한 작은 것들이 많이 있었다. 신발 바닥으로는 느낄 수 없는 홈이나 튀어나온 부분도 흰지팡이로는 깜짝 놀랄 정도로 느껴졌다.

도로가 서로 교차하고 있는 지점까지 왔을 때, 타스쿠는 손목이 저려서 쥐가 날 것 같았다.

"고생 많이 했어. 여기서부터는 내 팔꿈치를 잡고 돌아가도록 하자."

츠카다 선생님이 그렇게 말해 주어서 솔직히 다행이라고 생각했다. 그리고 분명히 약속을 지켜 준 선생님이 든든하게 느껴졌다. 타스쿠는 접이식 흰지팡이를 주머니에 넣고 선생님의 팔꿈치를 잡았다.

흰지팡이로 걸을 때는 진동이나 소리에만 집중하느라 냄새 같은 것은 조금도 신경 쓰지 못했다. 그런데 선생님의 도움을 받으면서 걷자마자 자동차들이 일으키는 먼지 냄새가 타스쿠의 코를 자극했다.

"지친 거 아니야?"

"네, 좀⋯⋯."

걸어가는 동안 타스쿠의 귀에 닿은 소리들은 음성 유도 장치 같은 의미를 알 수 있는 소리만은 아니었다. 자동차나 자전거, 지나가는 사람들이 내는 불규칙한 소리나 가게에서 들려오는 작은 노랫소리, 이야기 소리도 끊임없이 여기저기에서 들려와서 금세 어리둥절해졌다. 그렇다고 해서 소리에만 주의를 기울일 수도 없었다. 흰지팡이나 신발 바닥에서 전해지는 정보들도 확실히 파악하고 알아차려야 했다. 그렇게 걷다 보니 완전히 지쳐 버린 것이다.

어찌어찌해서 겨우 교문 앞까지는 돌아온 모양인지 진나이 아저씨 목소리가 들렸다.

"어서 와!"

익숙한 목소리에 타스쿠는 안도의 한숨을 내쉬었다.

츠카다 선생님과 헤어질 때, 수업을 시작하고 처음으로 타스쿠는 진심으로 감사하다고 인사했다.

고리로 연결된 마음

9월이 되자 오랜만에 타스쿠한테서 문자가 왔다. 신발장에 넣어둔 편지를 발견한 모양이다. 지금까지 타스쿠의 연락에 답장도 하지 않으면서, 정작 자신이 편지를 쓰고 난 뒤로 후타바는 안절부절못하고 기다렸다. 타스쿠의 답장을 받고 나서야 마음이 놓였다. 타스쿠도 지금까지 이런 마음으로 내 답장을 기다렸겠구나 싶어, 이제껏 자신이 정말 심했다는 생각에 미안한 마음이 들었다.

이게타 아저씨에게서 '아직도 더운 날씨가 이어지고 있으니 한동안 더 쉬도록 합시다!' 라는 메일이 온 것은 9월도 절반이 지난 때였다. 그 메일이 온 뒤, 급하게 화상 모임이 만들어졌다.

사토우 씨가 퉁명스러운 말투로 불만을 털어놓았다.

"아니, 누구를 위한 공원이라고 생각하는 건지 모르겠어! 이게 타 씨도 좀 그래. 이렇게까지 몸을 사리는 건 처음 아니야?"

사토우 씨는 말투는 거칠어도 주변을 잘 챙기는 사람이었다.

스기모토 할아버지가 어딘가 쓸쓸하게 중얼거렸다.

"공원의 운동 트랙조차 나눠 쓸 수 없다니. 자기들 필요에 따라 동료였다가 아니었다가 하는 건, 결국 마음속으로 우리를 같이 살아가는 사람들이라고 생각하지 않는 거지."

츠지 씨가 상냥한 목소리로 할아버지를 달랬다.

"자, 그런 슬픈 이야기는 그만하세요. 여기 진짜 동료들이 있잖아요."

와타나베 씨도 한마디 했다.

"가을쯤에는 잘 해결되어서, 모두가 즐겁게 달릴 수 있게 될 거라고 생각했는데 말이지."

"아, 그러고 보니 후타바네는 두 분이 같이 달리기 시작했다면서요?"

사토우 씨의 말에, 아까 말한 와타나베 씨가 금방 반응했다.

"뭐야? 혹시 대회에 나가려고요?"

대회라는 말에 후타바는 자기도 모르게 엄마 쪽으로 고개를 돌렸다.

얼른 사토우 씨가 앞이 안 보이는 다른 분들을 위해 상황을 설명했다.

"그런가 보네. 지금 후타바가 엄마 쪽을 봤어요."

엄마가 조심스레 말했다.

"아직 대회에 나가자고 정한 건 아니예요."

후타바도 엄마의 말이 끝나고 이어 말했다.

"엄마랑 상의해서 새로운 것에 도전해 보자고 이야기했어요."

타스쿠의 도전을 보고 용기를 얻은 후타바는 함께 걷기가 아니라 함께 달리기, 시각 장애인 마라톤 대회에 도전하기로 결심했던 것이다.

요즘은 새벽에 공원을 두 바퀴 도는 것을 목표로 엄마와 천천히 달리고 있었다. 달리기를 시작하고 아직 열흘도 되지 않았는데 엄마는 벌써 체중이 조금 줄었다고 했다. 후타바도 지구력이 붙은 것인지 처음에는 힘들다거나, 지친다는 부정적인 단어만 떠올랐는데 요즘은 그런 생각은 하지 않고 두 바퀴를 이어 달릴 수 있게 되었다. 컨디션이 좋으면 마지막까지 기분 좋게 달릴 수 있었다.

엄마와 함께 달려 보니 고리의 크기가 작은 쪽이 서로 속도를 맞추기 싶다는 것도 알게 되었다. 다만 서로 몸의 거리가 가까워지는 만큼 팔이나 어깨를 부딪히기도 쉬웠다. 엄마와 부딪힌 충격으로 속도가 떨어지거나 넘어질 수도 있어서 조심해야 했다.

"나라도 괜찮다면 함께 연습해 줄게요. 바쁠 때는 연락해요. 안 그래도 매년 여름은 운동 부족이 되기 쉬운데 올해는 더 심해서요."

혼자 달리는 것이 잘 안 된다는 와타나베 씨는 함께 달릴 상대를 찾고 있다고 했다.

사토우 씨도 든든한 말을 해 주었다.

"초보자들을 위한 대회도 있거든요. 나갈 마음 있으면 언제든지 물어봐요. 나 꽤 좋은 조언자가 될 거예요."

스기모토 할아버지가 말했다.

"어이쿠, 벌써 시간이 이렇게 됐구먼. 동료 여러분 다음에도 정기적으로 연락하면서 잘 지냅시다!"

"네!"

후타바도 씩씩하게 대답했다.

처음 이 모임에 참가했을 때는 다들 어떤 사람들인지 몰라서 잔뜩 긴장했었다. 하지만 걱정과 달리 모임 사람들은 눈이 보이지 않는다는 이유로 후타바를 신경 쓰거나 특별 대우를 해 주는 일도 없었다. 그저 한 사람의 참가자로 대해 주었다. 후타바는 모든 사람들이 마츠키 선생님이나 모임 사람들 같으면 좋을 텐데 하고 생각했다. 그 사이 입에 넣은 아이스크림이 부드럽게 녹아서 순식간에 사라져 버렸다.

매일 아침 엄마와 달릴 때 속도에 따라서 변하는 바람의 감촉이나 발을 디딜 때 전해지는 진동이 기분 좋게 느껴지기 시작했다. 달리기를 좋아하게 되면 기록을 재 보고 싶은 마음이 생기는 모양이다. 그저께 후타바와 엄마는 처음으로 기록을 재 보았다. 지금은 이 기록을 1초라도 줄이는 게 목표였다.

달리는 건 좋았지만 신경 써서 고쳐야 할 부분도 있었다. 후타바는 달릴 때마다 엄마에게 자세가 위험해 보인다는 소리를 들었다. 눈이 보이지 않으면 팔이나 다리를 좌우 똑같이 움직이는 일이 생각보다 어려웠다. 얼굴을 정면을 향해 바로 두는 것만으로도 집중력과 근력이 꽤 필요했다. 후타바는 방심하면 금세 빛이나 소리, 공기의 흐름을 탐색하듯이 얼굴이 위로 향하거나 목에 힘을 주지 못하고 좌우로 흔들려 버렸다. 왼쪽 다리가 쉽게 지치는 걸 보면 왼쪽 근력이 약하거나 왼쪽에 더 부담이 가는 자세로 달리고 있는 건지도 모른다. 그렇지만 못하는 부분만 신경을 쓰고 있으면 달리는 것 자체를 싫어하게 될 것 같아서, 지금은 작은 부분까지는 신경 쓰지 말고 하루라도 더 오래 계속하는 것을 목표로 하고 즐기면서 달리자고 엄마와 구호처럼 말했다.

드디어 10월, 공원을 이용하는 다른 사람들에게 방해가 되지 않도록 가이드하는 사람들이 더 신경 쓰겠다는 조건으로 '함께 걷고 달리는 모임'은 오랜만에 다시 모일 수 있었다. 후타바도 평일은 엄마와 토요일은 모임 사람들과 함께 짝을 이뤄 달렸다. 함께 달리는 분들은 모두 상냥한 분들이었다. 하나부터 열까지 전부 후타바에게 맞춰 주는 사람이 있는가 하면, 조금은 억지로 자신의 방법에 맞추라고 하는 사람도 있었다. 팔을 흔드는 폭이 큰 사람이 있는가 하면 적은 사람도 있었고, 보폭을 작게 해서 발을 뻗는 사람도 있고 보폭을 크게 뻗는 사람도 있었다. 고리도 자기가 가져온 것을 쓰려는 사람도 있고 후타바 것을 쓰는 사람도 있었다.

"처음 뵙겠습니다. 코시바라고 해요."

"시라토리 후타바입니다. 잘 부탁드립니다."

오늘 처음으로 함께 달려 본 코시바 씨는 고리를 자주 당겨서 섬세하게 조정하는 편이었다. 후타바가 트랙에서 벗어날 것 같거나 중심이 한쪽으로 기울면 얼른 고리를 당겨서 조심할 수 있게 해 주었다. 어쩌면 꼼꼼한 성격일지도 모르겠다고 생각했다.

고리를 통해서 뭔가 모르게 전해지는 함께 달리는 분의 됨됨이라고 해야 하나 타고난 성격 같은 것을 상상하는 일이 언제부터인가 후타바의 소소한 즐거움이 되었다. 뭔가 점쟁이가 된 것 같기도 하고 재미있었다. 정신없이 여러 가지로 상상을 부풀리고 있었는데 다시 톡, 하고 코시바 씨가 고리를 당겼다.

'눈이 보이는 사람들도 다 조금씩 다르구나.'

후타바가 정말 그렇구나 하고 생각하게 된 것은 공기가 제법 쌩하고 차가워졌을 때쯤이었다. 후타바는 많은 사람들과 함께 달리면서 다양한 사람들을 알게 되었다. 그러면서 조금씩 생각이 바뀌었다. 언젠가 엄마가 말한 것처럼, 이 세상에는 정말 여러 사람이 있다는 걸 알았다. 분명 상냥한 사람도 있고 그렇지 않은 사람도 있다. 그 정도로 이 세계는 넓다고 후타바는 다시 한번 깨달았다.

후타바와 부딪힌 아저씨는 혼자서 돌아다니지 말라며 화를 냈었다. 다른 사람들에게 그런 식으로 여겨질 거라고는 상상도 못했던 후타바는 완전히 자신감을 잃어버리고 집에 틀어박히게 되었다. 지금까지 자신이 틀렸을지도 모른다라는 생각이 들자, 밖에 나가는 것이 무서워졌다. 이대로 엄마와 함께가 아니면 집에서 한 발자국도 못 나가는 것이 아닐까 하는 생각에 우울해지기도 했다. 하지만 이제 후타바는 조금씩 알아 가고 있었다. 눈이 보이는 사람도 다양한 사람들이 있고, 모두가 그 아저씨 같은 사람들은 아니라는 것을 말이다.

'애초에 그 아저씨가 했던 말은 옳은 걸까? 이 넓은 세계는 눈이 보이는 사람들만의 것일까? 이곳은 우리들의 세계이기도 하지 않을까?'

후타바는 다시 자유롭게 바깥을 돌아다니고 싶었다. 타스쿠의 목소리가 너무나 듣고 싶었다.

학교 생활이 많이 바쁜 건지, 요즘 타스쿠는 예전만큼 자주 연락하지 않았다. 그런데도 후타바가 먼저 연락할 용기는 나지 않았다. 그래도 만약에 타스쿠가 다시 연락해 준다면 그때는 제대로 답장하겠다고 마음속으로 결심했다.

슬픈 안내 방송

편의점 문을 열자 흥겨운 음이 흘러나왔다. 자기 말로는 절대 음감이라는 마이바라가 그 음을 따라 흥얼거렸다.

편의점 점원이 타스쿠와 친구들인 것을 금세 알아보고 반갑게 인사했다.

"어이쿠, 오늘은 뭘 사러 왔니?"

금방 친숙한 말투로 주문을 받으러 와 주었다. 보호자가 지켜보는 가운데 보행 시험에 합격한 것은 한 달 전이었다. 이제 타스쿠와 친구들은 평일에도 교문이 닫히기 전이라면 자유롭게 학교 밖을 나갈 수 있게 되었다. 그렇다고 해도 나가서 가는 곳은 근처 편의점이 대부분이었다.

이 편의점에 오면 거의 같은 점원이 맞아 주었다. 목소리에서 전해지는 느낌으로는 중년 아저씨로, 아마 이 편의점 점장인 것 같았다. 아저씨는 타스쿠와 친구들 같은 시각 장애인 손님을 대하는 게 익숙했다. 이전에 왔을 때 다른 사람이 카운터를 맡고 있었는데 가게 안쪽을 향해, "점장님! 자주 오는 그 학생들이 또 왔는데요." 하고 부르기도 했다.

"있잖아요, 저는 D사 포도 맛 젤리랑 M사 사이다 주세요!"

히카루가 큰 소리로 제일 먼저 주문하자, 쿠리타가 불쑥 말했다.

"맨날 똑같은 것만 사고 질리지도 않냐?"

아저씨가 물었다.

"다른 건?"

편의점이나 가게에서 물건을 살 때는 점원에게 상품을 가져다 달라고 부탁했다. 그래서 가능하면 구체적인 회사 이름과 상품명, 맛을 확실히 알려 주는 게 중요했다. 처음 시각 장애인을 대하는 점원 중에는 상품 진열대까지 안내해 주는 분들도 있지만, 진열대나 상품에 점자가 제대로 쓰여 있는 것도 아니라서 직접 물건을 고르기는 어려웠다.

타스쿠도 주문했다.

"감자스틱 야채 맛이랑 H사 오렌지 맛 탄산음료 있어요?"

"나는 뭘 주문해 볼까."

태평스럽게 중얼거리는 쿠리타에게 히카루가 한 소리 했다.

"미리 정하고 왔어야지."

"늘 먹던 초코 과자를 사려고 했는데 걸어오면서 마음이 변했어. 죄송한데요, 새로 나온 과자는 뭐 없어요?"

"새로 나온 거라, 잠깐만 기다려."

아저씨의 발소리가 카운터를 돌아 나와 멀어져 갔다.

오늘은 운이 좋게 바로 주문을 할 수 있었지만, 가게에 다른 손님이 많을 때나 점원이 바쁜 느낌일 때는 말을 걸어 주문하기가 쉽지 않았다. 낯선 가게에서도 선뜻 말 걸기를 주저하게 되었다. 타스쿠는 늘 조심스러워서 어느 가게에나 있을 법한 유명한 제품만 사곤 했다. 아마 히카루도 같은 이유로 늘 같은 제품만 주문하는 것 같다. 이런 불편함이 있지만 그래도 친구들과 함께 과자를 사러 나오는 일은 언제나 신났다.

아저씨가 과자들을 쇼핑 바구니에 담는 모양인지, 통로를 오가는 발소리와 과자 봉지가 내는 바스락 소리가 들려왔다. 음료 냉장고 문이 탓, 하는 소리를 내면서 닫히는가 싶더니 아저씨 발소리가 어느새 이쪽으로 다가왔다.

아저씨가 가져 온 과자 설명을 다 들은 쿠리타가 미안한 듯 말했다.

"역시 늘 먹던 초코 과자로 할래요."

"뭐야 그게!"

히카루가 어이가 없어서 큰 소리로 한마디 했다.

"마이바라는 뭐 살지 정했어?"

타스쿠는 아까부터 입을 다물고 있는 마이바라 쪽으로 몸을 돌려 물었다.

"음, 나는 이제부터 지하철을 타야 해서 말이야."

마이바라의 대답에 쿠리타가 장난스레 말했다.

"아저씨, 얘한테 새로 나온 추잉껌 주세요. 백 개!"

"백 개나 어떻게 사. 저 하나면 되요. 하나만 주세요."

쿠리타가 장난을 치는 바람에 마이바라가 허둥지둥 말했다.

"알았어. 한 사람씩 계산해 줄 테니까 조금만 기다려."

아저씨는 그렇게 말하면서 출입구와 제일 가까운 카운터로 갔다.

타스쿠는 최대한 잔돈이 적게 돌아오도록 동전을 확인했다. 크기가 확실히 작은 동전과 큰 동전은 금세 구분이 가서 사용하기에 문제가 없지만, 다른 동전들은 크기가 비슷비슷해서 언제나 헷갈렸다.

"보자, 아저씨가 봐 줄까?"

동전 지갑에 손가락을 넣은 채로 우물쭈물 하고 있는 모습을 아저씨가 본 모양이다.

"괜찮아요. 아마 맞을 거 같아요!"

타스쿠는 허둥지둥 돈을 내고 맞게 냈는지 결과를 기다렸다.

"자, 여기 거스름돈이요."

예상했던 대로 거스름돈이 돌아와 타스쿠는 기분이 좋았다.

다 함께 편의점에서 나왔을 때 쿠리타가 말했다.

"나는 나중에 전자 화폐를 쓸까 고민 중이야. 아니면 핸드폰 결제로 하거나."

분명 현금을 사용하지 않으면 편하기는 하겠지만 잃어버리면 어쩌나 싶어서 타스쿠는 그다지 내키지 않았다.

마이바라는 횡단보도 신호를 기다리면서 추잉껌을 까서 친구들에게 나누어 주었다. 신호가 바뀌고 횡단보도를 건너오자, 마이바라는 인사를 하고는 혼자 지하철역 방향으로 걸어갔다.

"자, 그럼 내일 보자!"

마이바라 등에 대고 쿠리타가 소리쳤다.

"내 초코 과자는 안 먹어 봐도 되겠어?"

"지하철 타야 돼서, 괜찮아!"

"감자스틱은?"

"지하철 타야 돼서!"

"포도 맛 젤리?"

"지하철!"

"저 녀석 지하철이 도대체 얼마나 소중한 거야."

쿠리타의 장난에 히카루가 큭, 소리를 내며 웃었다. 타스쿠도 따라서 웃었지만, 마이바라에게 지하철은 식욕 따위 금세 없어질 정도로 긴장되는 것일지도 모른다는 생각이 들었다.

타스쿠도 지난주 츠카다 선생님과 함께 처음으로 학교에서 제일 가까운 역에서 지하철을 탔다. 실제로 수업을 하러 간 것은 아니었고, 우선은 지하철이 어떤 것인지 알아볼 겸 선생님의 도움을 받아 한번 타 본 거였다. 출근 시간이 끝난 10시쯤이었는데도 사람들과 가볍게 몸이 부딪히는 일 정도는 당연할 만큼 붐볐다. 타스쿠는 그런 경험은 처음이라 몹시 당황스러웠다.

마이바라의 집까지는 중간에 다른 지하철을 갈아타는 일 없이 한 번에 갈 수 있다고는 하지만, 등교 시간에는 확실히 많이 붐빌 것이다. 매일 사람 가득한 지하철을 타고 학교를 다니는 마이바라가 새삼 대단하구나 싶었다.

그때 생각을 하자 자기도 모르게 마음속에서 어떤 감정이 차올랐다. 타스쿠는 마이바라가 사라져 간 방향을 향해서 소리쳤다.

"마이바라, 조심해서 가!"

"응!"

제법 멀리서 대답이 돌아왔다.

"모두 조심해서 돌아가!"

"응."

타스쿠와 친구들은 흰지팡이를 들고 한 줄로 줄지어 서서 저녁 주택가를 걸었다. 학교 근처 정도는 자유롭게 다닐 수 있게 되었지만 마음이 편한 것은 아니었다. 지금도 어깨에 힘이 잔뜩 들어가 있었다. 그런 의미에서는 조금이나마 시력이 있는 마이바라나 기숙사 선배들과 함께 걷는 편이 마음이 든든했다. 그렇지만 이렇게 히카루랑 쿠리타와 함께 세 명이서 걷는 것도 싫지 않았다.

"벌써 해가 졌을까?"

히카루의 물음에 타스쿠가 대답했다.

"그러게?"

타스쿠는 집중하면 빛의 강약을 어느 정도는 알 수 있지만, 아침이나 저녁에 조금씩 변화해 가는 밝음과 어두움을 빠르게 알아차리기는 어려웠다. 그러고 보니 여름 방학 동안 집에 있을 때 타스쿠가 방에 불을 켜지 않고 핸드폰을 하고 있는데 세탁이 끝난 옷을 가져다 놓으려고 방에 온 엄마가, "벌써 어두워졌는데 방에 불도 안 켜고 뭐하니." 하고 말했었다. 타스쿠에게 방 안의 밝기 같은 것은 상관이 없는데 이상한 소리라고 그때도 생각했다. 그럴 때 타스쿠는 자기가 눈이 보이는 사람들의 세상 한쪽 구석을 빌려서 살고 있는 것만 같았다. 하늘에는 비행기가 날고 땅 아래에는 지하철이 달리고 있는, 말도 안 되게 넓은 이 세계에서 우리들은 왠지 한쪽 구석으로 내몰려 있는 것 같았다.

"춥다. 갈 때는 이렇게까지 춥지는 않았던 것 같은데 그치?"

제일 뒤에서 따라오던 쿠리타가 말했다.

"해가 져서 그런 걸지도 몰라."

타스쿠는 그렇게 대답하고 무의식적으로 조금 고개를 들어 크게 숨을 내쉬었다.

"웬 한숨?"

바로 히카루의 지적을 받고 말았다.

"한숨이 아니라 이 정도 추운 날씨에는 하얀 입김이 나오지 않을까 해서."

엄마가 방에 불을 켜라고 했을 때 이상하다고 느꼈으면서 타스쿠도 때때로 이렇게 눈이 보였을 때처럼 행동해 버리곤 했다. 한때는 눈이 보였다고 자랑하는 것처럼 들렸으면 안 되는데, 히카루나 쿠리타를 기분 나쁘게 만든 게 아니었으면 좋겠다고 생각했는데, 히카루가 큰 소리로 말했다.

"아, 나 그거 알아! 추우면 입에서 나오는 입김이 하얗게 된다면서? 석회수 화학 반응 같은 건가?"

쿠리타가 히카루의 말이 떨어지기 무섭게 대꾸했다.

"완전 다르지!"

히카루는 얼마 전 화학 시간에 했던 실험이 생각난 모양이다. 석회수가 든 실험관에 입김을 불어넣으면 어떻게 변화하는지 살펴보는 실험을 했었다. 타스쿠와 친구들은 색의 변화를 눈으로 알 수가 없기 때문에, 입김을 불어넣은 실험관과 아무것도 하지 않은 실험관 뒤에 각각 검은색 종이를 대서 감광기로 판독했다. 감광기는 흰색같이 밝은색은 높은음을 내고 검은색에 가까워질수록 낮은음을 내서 색을 알려 주는 장치다.

"그때는 석회수에 이산화탄소를 더하면 탄산칼슘이 발생하는지 실험했었지?"

타스쿠도 기억을 더듬었다. 실험 마지막에 마츠키 선생님이 입김을 불어넣은 쪽 실험관에서 백탁 현상이 일어나고 있다고 정확한 색을 알려 주었다. 그 밖에도 염산이 든 실험관에 대리석 알갱이를 넣어서 이산화탄소를 발생시키는 실험도 했다. 암모니아 발생을 알아보는 실험에서 1학기 때 타스쿠가 어려워했던 가스버너가 다시 등장했지만 당황하지 않았다. 그런 타스쿠를 보고 마츠키 선생님도 "타스쿠는 이제 왼손도 잘 사용하게 됐구나." 하고 칭찬해 주었다.

이제 곧 기말시험이란 생각이 들자 타스쿠는 또 혼자만 추가 시험을 보면 어쩌나 하고 조금 불안해졌다.

"화학말이야, 아무래도 망한 거 같아."

자기도 모르게 약한 소리를 했는데, 웬일로 쿠리타도 약한 소리를 했다.

"나는 아무래도 지리가 망한 거 같아."

"야, 적어도 영어나 수학은 둘째 날로 해 줘야 하는 거 아니야? 시험 시간표 만든 놈 나와!"

히카루가 외치자 쿠리타가 갑자기 주제를 바꿨다.

"있잖아, 나 다음에 편의점 가면 야채 호빵 살 거야."

"난 어묵 사야지!"

두 사람의 말에 기말시험의 불안 같은 것은 순식간에 날아가 버리고, 타스쿠도 갑자기 어묵이 먹고 싶어졌다. 삶은 계란, 기다란 어묵 꼬치, 떡이 든 유부 주머니까지. 추우면 추워질수록 더 맛있을 거다.

"나는 뭐 사 먹지?"

화학 시험의 정답 확인을 위해 답안지가 되돌아온 날, 가정 수업이 흰지팡이 보행 수업으로 시간표가 바뀌었다.

"오늘 실험 진짜 재미있었지!"

평소와 마찬가지로 늘 같은 장소에서 츠카다 선생님과 다른 선생님들을 기다리면서, 타스쿠는 평소와 달리 신난 목소리로 말했다.

쿠리타도 같은 마음인지 바로 대답했다.

"매번 이런 수업이면 최곤데, 그치?"

히카루도 덧붙였다.

"냉동 바나나도 먹을 수 있고 말이지!"

기말시험의 정답 확인과 해설로 수업 시간이 반밖에 남지 않아서, 오늘은 액체 질소를 이용한 재미있는 실험을 했다. 액체 질소로 얼린 바나나와 수건으로 널빤지에 못을 박을 수 있는지 알아보는 실험이었다. 기말시험 점수는 애매했지만 그런 것은 아무래도 상관없을 정도로 재미있는 실험이었다. 액체 질소로 얼린 바나나는 냉장고에서 얼린 바나나와는 조금 다른 맛이었다는 사쿠라이의 말에 쿠리타가 실없는 농담으로 트집을 잡으면서 신나게 떠들고 있는데 멀리서 몇 명의 발소리가 들려왔다.

"안녕, 타스쿠."

츠카다 선생님이다. 오늘도 우선은 지하철역으로 갔다. 오늘의 목표는 발권기에서 표를 사서 플랫폼까지 가는 것이라고 했다. 중학교 1학년인 지금은 보행 수업이 일주일에 한 번 한 시간 수업이지만 2학년이 되면 일주일에 한 번 두 시간 수업이라고 했다.

"두 시간 정도면 장거리 이동이나 지하철을 다른 선으로 갈아타는 복잡한 것도 도전해 볼 수 있을 거야."

타스쿠는 오늘도 길고 긴 계단을 따라서 지하로 내려갔다. 통로를 조금 지났을 때쯤에 있는 점자 블록의 분기점에서 오른쪽으로 가라고 츠카다 선생님이 말했다. 타스쿠가 멈춰 서자 이번에는 손을 앞으로 뻗어 보라고 했다.

"이건?"

타스쿠가 조심스럽게 뻗은 오른손에 만져진 것은 차갑고 딱딱한 촉지도였다. 우선은 현재 서 있는 위치를 촉지도에서 확인했다. 다음으로 표를 넣는 곳은 어디인지, 표를 넣은 다음 들어가는 곳은 어떻게 되어 있는지, 계단은 어느 방향에 몇 개나 있는지, 엘리베이터나 에스컬레이터가 있는지도 미리 확인해 두어야 한다고 했다.

타스쿠가 촉지도에서 손을 떼자 츠카다 선생님이 말했다.

"지금 타스쿠가 머릿속에서 그려 본 순서를 말해 봐."

타스쿠는 역 내부를 머릿속에서 그려 보면서 지금부터 지나갈 장소의 순서와 그때 지표가 될 수 있는 것들에 대해서 설명했다. 타스쿠의 설명을 들은 뒤, 츠카다 선생님이 물었다.

"한가지 더. 플랫폼 어느 쪽이 상행선 방향이고 어느 쪽이 하행선 방향인지 파악했어?"

가는 순서를 정하는 것에 집중하느라 거기까지는 생각지도 못했다. 타스쿠가 당황하자, 그럴 때는 도중에 확인하는 방법도 있다고 츠카다 선생님이 가르쳐 주었다. 사람이 표를 확인하는 개찰구에서 역무원에게 물어보거나, 플랫폼에서 안내 방송을 듣고 확인하거나, 계단 손잡이에 붙어 있는 점자 표기로도 확인할 수 있다고 했다.

타스쿠는 설명을 다 듣고 대답했다.

"계단 손잡이에서 확인할게요."

탓, 탓.

접이식 흰지팡이를 펴고 터치 방식으로 걸어가자 금세 핑퐁, 하고 음성 유도 장치 소리가 가까이에서 들렸다. 그 소리를 따라가면 역무원이 표를 확인하는 장소가 있었다. 그 소리에 집중하며 걸어가자 슬금슬금 여러 종류의 발소리들이 다가왔다. 타스쿠는 자신의 흰지팡이가 누군가의 발을 걸어 통행에 방해가 되지 않도록 자기 발 가까이에 붙였다. 그리고 그 자리에 잠시 멈춰서 많은 발소리들이 지나가기를 가만히 기다렸다. 주변이 다시 조용해진 뒤 다시 걸었다. 그러자 츠카다 선생님이 칭찬해 주었다.

"지금 정말 좋은 판단이었어. 이대로 당황하지 말고 평정심을 유지하면서 걸어 보자."

타스쿠는 점자 블록을 따라서 발권기 앞에서 발을 멈추고, 앞에 줄을 서고 있는 사람은 없는지 소리에 귀 기울이고 인기척을 살피고 흰지팡이로 확인했다. 양손으로 발권기를 감싸안듯이 만지자 사각 화면 오른쪽에 버튼들이 늘어서 있었다. 미리 선생님이 알려 준 대로 음성 안내로 교체되는 버튼을 제일 먼저 눌렀다. 다음으로 현금으로 구입하는 버튼을 눌렀다. 학교 선배들 중에는 교통카드를 사용하거나 핸드폰 결제를 하는 사람도 있다지만, 수업 중에는 우선 현금으로 표를 사는 방법을 배웠다.

그런데 아무리 찾아도 제일 중요한 동전 투입구를 도통 찾을 수가 없었다. 선생님은 뒤에 사람이 줄을 서기 시작하더라도 당황할 필요가 없다고 말했지만, 그래도 뒤에 줄을 선 사람이 무서운 사람이면 어쩌나 하고 생각하자 타스쿠의 등줄기가 얼어붙는 것 같았다. 순간이었지만 후타바에게 일어났던 일을 떠올린 것이 문제였다. 순식간에 긴장하기 시작했다. 다리에 힘이 빠졌다. 처음 앞이 보이지 않게 되었을 때 느꼈던 어둡고 무거운 공기가 또다시 몸과 마음을 칭칭 감고 꼼짝달싹 못 하게 만드는 것만 같았다.

'진정하자, 진정해.'

타스쿠는 크게 숨을 내뱉은 뒤, 양손으로 기계 구석구석을 만지면서 동전 넣는 투입구를 다시 찾아 보았다.

"찾았다!"

간신히 표를 사고 기쁜 마음에 자신도 모르게 빠르게 뒤돌아서는 순간, 츠카다 선생님의 날카로운 목소리가 날아왔다.

"조심해!"

이럴 때는 뒤에 사람이 줄을 서고 있을 가능성을 생각해서 우선은 한 걸음 옆으로 이동하라고 배웠는데 깜빡 잊은 것이다.

다음은 개찰구에 표를 넣을 차례였다. 수업에서는 직원에게 표를 내는 개찰구가 아니라 기계에 표를 넣는 자동 개찰기를 이용하는 방법을 연습했다. 어찌어찌 표를 넣는 곳을 찾아 넣었는데, 표가 엄청난 속도로 빨려 들어가 버려서 표가 나오는 곳을 찾아냈을 때는 추위 따위는 날아가 버릴 정도로 몸에서 열이 났다. 계속해서 찾아오는 긴장과 흥분과 불안, 성취감 같은 것으로 머리가 이상하게 맑아졌다.

타스쿠가 플랫폼으로 이어지는 계단을 내려가려는데 안내 방송이 들려왔다.

"손님 여러분에게 안내 말씀 드립니다. O시O분에 Q역에서 일어난 사고로 인해 현재 열차의 운행이 지연되고 있습니다. 복구가 완료되는 시점도 현재로서는 정확히 알려 드릴 수 없는 점, 다시 한번 양해 말씀 드립니다. 반복해서 안내 말씀 드립니다."

'사고라고?'

눈이 보이지 않는 타스쿠와 같은 시각 장애인들도 때때로 지하철 사고를 겪는다. 최근에는 플랫폼에 안전문이 많이 설치되고 있지만, 아직 설치되지 않은 곳도 많았다. 그런 역에서는 플랫폼의 안내 방송과 지하철이 들어오는 소리로 지하철이 도착했는지 판단해야 하는데 구조에 따라서는 소리가 울려서 상행선이 왔는지 하행선이 왔는지 알기 힘든 곳도 있었다. 자신이 타야 할 지하철이 왔다고 착각해서 점자 블록을 넘어서 발을 디뎠다가는 그대로 선로에 떨어지게 된다. 선로에 떨어지는 타이밍이 나쁘면 연달아 들어오는 지하철에 치일 수도 있는 일이다.

그래서인지 타스쿠는 사고 방송을 듣고 아무래도 남의 일처럼 느껴지지 않았다. 조심해야겠다고 마음을 가다듬고 다시 발걸음을 떼려는데 짜증스러운 목소리가 들렸다.

"아, 진짜! 바빠 죽겠는데 짜증나게!"

아저씨는 투덜거리면서 빠른 걸음으로 타스쿠 옆을 달려서 올라갔다.

"어차피 또 자살일 거 아니야, 그치?"

"아, 다음 지하철부터 정지되었으면 좋았을 텐데."

"죽을 때까지 민폐를 끼쳐야겠냐고!"

젊은 목소리의 여자들이 서로 이야기를 주고받다가 무엇 때문인지 마지막에는 서로 웃으며 지나갔다.

타스쿠가 계단 중간에서 멈춰 선 채로 좀처럼 발을 떼지 못하고 있자, 츠카다 선생님이 타스쿠의 어깨에 손을 올리고 상냥한 말투로 물었다.

"괜찮니?"

'혹시 사고를 당한 것이 나였다면? 친구들이었다면? 우리들의 고생이나 공포, 노력, 갈등 이런 것들은 아무것도 모르는 사람들에게 저런 식으로 혀를 차는 소리를 듣고 웃음거리가 되는 걸까?'

타스쿠는 마음이 얼음처럼 차가워졌다.

"사고를 당한 사람이 시각 장애인이 아니었으면 좋겠어요."

자기도 모르게 속으로 되뇌던 말을 소리 내어 중얼거렸다. 그러자 츠카다 선생님이 타스쿠의 어깨를 감싸안으며 말했다.

"오늘은 그만 돌아가자. 나머지 시간은 학교 안을 산책하면서 새소리나 듣자."

츠카다 선생님은 타스쿠을 보호하듯이 걸으며 지하철역 밖으로 나왔다.

눈이 보인다는 것은 뭘까?

타스쿠가 인터넷 뉴스를 검색해 보니, Q역에서 일어난 사고는 역시 자살이었던 모양이다. 그보다 타스쿠가 놀랐던 것은 사고 직후 현장을 핸드폰으로 촬영하려는 몇 명의 극성스러운 구경꾼들이 사고 현장을 가리기 위해 쳐 놓은 비닐 천막을 멋대로 걷고 들어와서 구조 활동과 복구 작업을 방해했다는 점이었다. 보다 못한 역무원이 '손님 여러분의 윤리 의식에 묻고 싶습니다!'로 시작하는 안내 방송을 했다고 한다. 그런 일은 처음 있는 일이라며 뉴스 기사에 나와 있었다.

'눈이 보인다는 것은 대체 뭘까? 눈이 보인다는 건, 만져 보지 않아도 물건의 모양이나 소재를 알 수 있는 거잖아. 이 세계 대부분을 차지하는 눈이 보이는 사람들. 만약 지금도 내가 눈이 보였더라면, 나도 뭐든 보지 않고는 견딜 수 없는 사람이 되었을까? 잠깐 볼 수 없는 상황도 못 참고, 안 된다는 소리를 들었는데도 구석구석까지, 심지어 누군가의 불행한 죽음까지도 악착같이 모조리 보려고 들었을까? 어쩌면 눈이 보이지 않는 사람과 부딪혔을 때, 눈치채지 못한 자신을 반성하기보다 눈도 보이지 않으면서 밖을 돌아다니는 상대를 탓했을까? 뭐랄까, 그런 건 최악이다.'

타스쿠가 Q역에서 일어난 사고가 떠올라 멍하니 침울해하고 있는데 히카루가 바로 귀에다 대고 귀엽게 불렀다.

"타스쿠, 타스쿠ㅡ웅!"

그 소리에 현실로 끌어당겨진 타스쿠는 당황해서 되물었다.

"어, 왜?"

"왜가 아니라 뭐 살지 정했냐고."

그 말을 듣고서야 겨우 주변의 소리가 들렸다. 프라이드 치킨 냄새와 어묵 국물 냄새가 뒤섞인 겨울 편의점 특유의 냄새도 밀려왔다. 타스쿠와 히카루는 어묵을 사러 편의점에 와 있었다. 토요일 점심시간이라 그런지 평소보다 사람들로 붐볐다. 문이 열리고 닫힐 때마다 울리는 음악 소리가 끊임없이 이어지고 1월의 차가운 바람과 함께 손님들도 들어오고 나갔다.

둘이서 뭘 살지 이야기하며 기다리고 있는 사이에 어느 정도 가게가 정리된 모양인지, 점장 아저씨가 다가왔다.

"기다리게 해서 미안하구나!"

어묵을 사러 왔다고 말하자 아저씨는 추울 때는 어묵만 한 게 없다며 판매대에 남아 있는 어묵의 종류를 모두 알려 주었다.

"그러고 보니 오늘은 둘만 왔네. 늘 같이 오던 친구는?"

히카루가 쿠리타는 열이 나서 누워 있다고 대답했다.

"아이고, 그래 요즘 감기가 극성이지. 우리도 말이야, 아르바이트하는 친구가 두 명이나 못 나와서 바쁘고 정신없어, 참, 뭐로 할래?"

타스쿠는 고민 끝에 삶은 달걀과 떡이 든 유부 주머니, 네모난 어묵을 주문했다.

히카루가 물었다.

"쿠리타 것도 사 갈까?"

식욕이 없어도 따듯한 어묵은 먹을지도 모른다.

"그거 좋겠다. 돈은 우리 반반씩 내면 되니까."

"응!"

계산을 끝내자 아저씨가 어묵이 든 편의점 봉지를 들고 일부러 가게 앞 횡단보도까지 함께 나와 주었다.

"어묵 국물 많이 넣었어. 흘리지 않게 천천히 조심해서 가라."

"네-에!"

타스쿠와 히카루는 감사 인사를 하고 묵직한 편의점 봉투를 받아 들었다.

흰지팡이로 탓, 탓, 일정한 소리를 내면서 히카루가 물었다.

"저 아저씨 분명히 좋은 사람일 거야, 그치?"

"응."

타스쿠도 진심으로 그렇다고 생각하면서도 불쑥 궁금했다.

'저 아저씨도 타려던 지하철이 제시간에 도착하지 않거나, 흰지팡이를 든 사람과 길에서 부딪히면 짜증을 낼까?'

타스쿠도 눈이 보이는 사람들이 모두 나쁠 거라고는 생각하지 않았다. 그러면서도 좋지 않은 일을 바로 곁에서 보니 눈이 보이는 대다수 사람들의 이미지가 나빠지는 것은 어쩔 수가 없었다.

교문을 지날 때쯤, 진나이 아저씨의 익숙한 목소리가 반겨 주었다.

"어서 와라!"

"다녀왔습니다."

"뭐 사 오는 거니?"

"어.묵.이.요!"

히카루가 거들먹거리는 말투로 말하자, 진나이 아저씨는 큭큭하고 재미있다는 듯 웃었다.

"오늘처럼 추운 날 먹는 어묵이 진짜 맛있지. 손 깨끗하게 씻고 먹어야 한다.”

“네!”

‘진나이 아저씨는 어떨까? 마츠키 선생님은? 츠카다 선생님
은?’

타스쿠는 그날 자신의 어깨를 꼬옥 안아 주던 힘 있는 팔이 떠
올라 목 안쪽이 아파왔다.

그대로 식당으로 향했는데 사쿠라이와 야구치가 큰 소리도 떠
드는 목소리가 들렸다.

“혹시 이 냄새, 어묵이야?”

냄새로 눈치를 챘는지 야구치가 물었다.

타스쿠가 맞다고 말하자 사쿠라이가 새된 목소리로 말했다.

“너무해! 편의점 간다고 했으면 과자 사 달라고 했을 텐데.”

그러자 바로 히카루가 되받아쳤다.

“뭐? 왜 우리가 네 심부름을 해 줄 거라고 생각하는 건데?”

“사 온 과자를 나눠 준다고 했으면?”

“그때는…… 가야지.”

히카루의 대답에 야구치가 한 소리 했다.

“뭐야, 갈 거면서!”

“어, 근데 전에 사쿠라이 너 다이어트 한다고 하지 않았어?”

타스쿠가 문득 생각이 나서 물었다.

"아, 여자 마음을 전혀 모르네."

또 야구치에게 한 소리 듣고 말았다.

"뭐래, 어우 시끄러. 멀리 떨어진 데 가서 먹자, 타스쿠."

"응."

타스쿠는 히카루와 함께 조금 떨어진 테이블로 가면서 여기는 참 평화롭다고 생각했다. 조금 몸이 부딪혀도 누구도 불만을 말하지 않았다. 무언가 실수를 해도, 전혀 해내지 못하더라도 선생님들은 끈기 있게 지켜봐 주고 가르쳐 주었다. 무슨 일이 생기면 반드시 손을 잡고 친절하게 안내해 주기도 했다. 지금까지는 그것이 당연하다고 생각했는데, 그게 아닐지도 모른다는 생각이 들었다.

'어쩌면 우리들이 있는 이쪽 세계가 특별한 걸지도 몰라. 그렇다면 이제 어떻게 하지? 바깥의 넓은 세계는 친절하지만은 않아. 나는 이제부터 어떻게 살아가야 하지?'

요즘 타스쿠는 언제까지고 이 평화로운 세계 속에만 있을 수 없다는 것을 어렴풋이 깨달아 가고 있었다.

어묵을 사간 게 도움이 되었는지, 주말이 지나고 월요일이 되자 쿠리타는 감기가 다 나은 모양이었다. 그런데 이번에는 마이바라가 오한이 든다면서 조퇴를 했다. 게다가 마츠키 선생님까지 목소리가 다 갈라졌다.

학기 초, 반 친구가 확 늘었을 때는 당황스러웠다. 낯선 아이들에게 압도되어 함께 어울리기가 좀처럼 쉽지 않았다. 그런데 지금은 누구 한 사람이라도 빠지면 몹시 쓸쓸한 기분이 되었다.

"마이바라도 얼른 나아서 나왔으면 좋겠다."

타스쿠는 이제 단 한 사람의 부재도 받아들이고 싶지 않았다. 친구들과 선생님 그리고 후타바도 모두 여기 있었으면 좋겠다.

결국 마이바라는 이틀이나 결석했고 목요일이 되어서야 학교에 나왔다.

"역시 젊으니 회복력이 다르구나. 선생님은 영 회복이 안 되네, 회복이."

마츠키 선생님이 투덜거리며 아직도 갈라진 목소리로 출석을 불렀다. 몹시도 마이바라다운 모범생 목소리가 들려와 안심했다. 오랜만에 후타바를 제외한 반 친구 모두가 모인 아침 조회가 끝나고 타스쿠와 친구들은 생물실로 이동했다.

2학기부터 시작한 동물 뼈 관찰 수업이었다. 2학기 동안 열여섯 종의 두개골을 관찰했다. 초식 동물과 육식 동물 그리고 작은 동물이 있는가 하면 꽤 큰 동물도 있었다. 3학기*부터는 동물 몸

일본은 우리나라와 달리 3학기제이다. 4월부터 7월까지 1학기, 여름 방학 뒤 9월부터 12월까지 2학기, 겨울 방학 뒤 1월부터 3월까지 3학기로 나뉘어 있다.

전체 뼈를 관찰했다. 지난주부터 관찰하고 있는 동물의 정체는 아직 알 수 없었다. 마츠키 선생님은 정체를 미리 알게 되면 그것만으로 이미 다 알아버린 기분이 든다며, 좀처럼 알려 주지 않았다.

오늘 수업은 마츠키 선생님의 질문으로 시작했다.

"지난주는 척추뼈를 중심으로 몸이 이루어져 있는 것을 확인했습니다. 오늘은 흉부와 복부에 주목해 보겠습니다. 어째서 흉부는 갈비뼈에 싸여 있을까요?"

제일 먼저 사쿠라이가 대답했다.

"심장이 있기 때문입니다."

쿠리타가 뒤를 이어 말했다.

"그리고 폐도요."

"다시 말해, 심장과 폐는 어떤 장기라고 말할 수 있을까요?"

히카루가 말했다.

"중요한 장기!"

"자, 그럼 중요한 장기에게 갈비뼈는 어떤 역할을 하고 있을까요?"

"지켜 준다?"

그제서야 타스쿠도 겨우 대답했다.

학기 초와 비교하면 조금은 더 자발적으로 발표하고 있지만 사쿠라이의 순발력은 따라갈 수가 없고, 히카루처럼 당당한 느낌도 없다. 쿠리타처럼 쓸데없는 소리를 할 여유도 없었다. 하지만 그냥 이런 모습 그대로가 타스쿠 자신인 것 같았다.

"타스쿠 정답! 그런데 중요한 장기는 흉부에만 있을까? 어째서 복부는 갈비뼈로 지켜 주지 않는 걸까?"

타스쿠와 친구들은 그 답을 동물의 뼈로 만든 표본에서 찾아보기로 했다.

두 사람이 한 조가 되어 관찰할 수 있도록 실험대마다 하나씩 표본이 준비되어 있었다. 타스쿠는 사쿠라이와 한 조가 되었다. 타스쿠가 양손을 뻗었을 때 마츠키 선생님의 봄날 같은 목소리가 들렸다.

"이제 타스쿠도 제대로 관찰하는 습관이 들었구나!"

선생님의 말에 타스쿠는 생각했다.

'지금의 나는 두 배로 넓어진 세계를 살고 있는 걸까? 식물, 곤충, 동물 뼈 관찰로 이어진 수업을 들으며 이 세계에 살아 있는 것들을 내 손으로 하나씩 봐 왔다. 그렇다면 나는 두 배가 아니라 그 이상으로 넓어진 세계를 살고 있다고 할 수 있지 않을까?'

그렇게 생각하니 타스쿠의 마음속에서 두려움도 불안함도 몰아낼 만한 상쾌한 바람이 불어왔다. 요즘 쉽게 침울해지던 기분이 밝게 개었다.

마츠키 선생님은 친구들이 앉아 있는 두 개의 실험대 사이에
서서 말했다.

"자, 그럼 이제 모두 자리에서 일어나서 자기 몸의 척추를 구
부려 보고 뒤로 젖히기도 해 볼까?"

타스쿠와 친구들은 자리에서 일어섰다. 우선은 몸을 앞으로
구부려서 등과 허리가 구부러지는 감각을 느껴 보았다. 다음에
는 등 근육을 뒤로 쭈욱 젖혔다.

"만약에 복부에도 갈비뼈가 있었다면 지금 했던 움직임은 어
떻게 됐을까?"

선생님의 질문에 히카루가 큰 목소리로 대답했다.

"불가능해요!"

네발 동물은 공중에서 등을 구부리는 것으로 앞발과 뒷발을 가
깝게 하고, 등을 휘어지게 하며 앞발과 뒷발을 멀어지게 했다.
이러한 동작을 반복함으로써 빠르게 달릴 수 있는 것이라고 선
생님은 설명했다.

타스쿠는 방금 전까지 만지고 있던 정체를 알 수 없는 동물이
넓은 세계를 힘차게 달리는 모습을 상상했다.

동물의 발뒤꿈치 위치나 팔꿈치와 무릎의 각도, 손바닥을 어
떤 식으로 땅에 붙일 수 있는지 등 세부적인 관찰을 하는 사이에
수업 끝을 알리는 종이 울렸다.

두 시간이 순식간에 끝났다.

"재미있었다, 그치?"

타스쿠가 말하자, 선생님이 밝은 목소리로 말했다.

"타스쿠 표정이 정말 좋구나."

타스쿠가 자기도 모르게 웃은 모양이다. 만지고 있는 것은 죽은 동물의 뼈인데 그 안에 있는 장기나 근육, 혹은 살아 있을 때의 모습을 추측하는 것이 재미있었다. 그런 점에서는 눈이 보이는 사람들과 똑같다고 할 수 있지 않을까 싶었다. 눈이 보인다고 해서 뭐든지 볼 수 있는 것은 아닐 테니까, 타스쿠와 친구들도 가만히 손으로 만지는 것으로 보이기 시작하는 것이 있다. 상상하는 것으로 넓어지는 세계도 있다.

선생님에게 이 마음을 전하고 싶었지만 제대로 말로 전하는 것은 쑥스러웠다.

"추측하는 것이 재미있어서 뼈 관찰하는 수업이 좋아요. 감상은 공책에 적어서 제출할게요."

타스쿠가 쑥스러워 무언가에 쫓기듯 빠르게 말하자, 선생님이 재미있다는 듯이 웃으며 말했다.

"기대하고 있을게!"

완연한 봄날 같은 따뜻한 목소리였다.

그날 밤, 손으로 보는 넓게 펼쳐진 세계의 매력을 떠올리면서 생물 공책을 정리하고 있는데, 문득 후타바와 주고받은 사과 이야기가 떠올랐다.

언젠가 타스쿠가 교실에 들어가자 후타바가 무슨 대단한 발견이라도 해낸 듯 신이 나서 다가왔다.

"있잖아, 타스쿠 그거 알아?"

"뭐가?"

"과일 사과 있잖아?"

"있지. 그게 왜?"

"사과는 빨갛잖아?"

"그렇지. 그런데 그게 어쨌다는 건데?"

"역시 타스쿠도 모르는구나! 있지, 사과가 빨간 건 껍질만 그런 거래. 껍질 안쪽에 있는 알맹이는 하얗대!"

"……."

타스쿠가 아무 대답도 못 하고 있자 후타바가 말했다.

"나도 진짜 놀랐어. 그래도 사과는 사과잖아. 껍질은 빨간색이고 알맹이는 흰색이라고 해도. 아니, 그 반대라고 해도 사과는 그냥 사과야!"

그때 그렇게 웃으면서 말하던 후타바를 얼마나 든든하게 느꼈는지, 얼마나 눈부시게 느꼈는지 모른다.

타스쿠는 오랜만에 후타바에게 전화를 해야겠다고 생각했다.

바로 핸드폰을 자기 쪽으로 끌어당겨 잡기는 했지만, 요즘 연락을 하지 않은 탓인지 좀처럼 연락처를 찾을 수가 없었다.

"그만두라는 신의 계시인가……."

타스쿠는 핸드폰을 책상 위에 놓고 다시 생물 공책을 붙잡았다. 그래도 마음이 진정되지 않았다. 아까처럼 집중할 수가 없었다. 기분 전환을 위해서 노래를 틀었다.

'별은 얼마나 보이는지. 아무것도 보이지 않은 밤일까. 기운이 나지 않는 그런 때에는 누군가와 이야기하자.'

마침 나온 노래는 후타바가 좋아했던 아이돌의 노래였다.

타스쿠는 다시 핸드폰을 손에 들었다.

"역시, 안 받더라도 일단 걸어는 보자."

통화 연결음이 들렸다. 속으로 연결음을 세면서 열 번 울려도 후타바가 받지 않으면 포기하기로 마음 먹었다.

일곱 번째, 받지 않는다. 여덟 번째도 받지 않는다. 역시 안 받는구나 싶던 아홉 번째에서 뚝하고 연결음이 끊어졌다. 처음에는 음성 메시지로 넘어가는 건가 했는데, 그리운 목소리가 귀에 들려왔다.

"여보세요?"

"후타바?"

자기가 걸어 놓고는 이렇게 놀라면 안 되지 않나 싶을 정도로,

오히려 이쪽이 의문스러워하는 말투가 되어 버렸다.

"타스쿠, 오랜만이야. 잘 지내고 있어?"

"너야말로 어떻게 된 거야?"

"나는 그럭저럭 지내."

그렇게 말하고는 후타바가 더 이상 말이 없어서 갑자기 조용해졌다. 핸드폰이 뭔가 잘못된 것은 아닌지, 이 세계에 자기 혼자만 남겨져 버린 것은 아닌지 걱정될 정도로 아무 소리도 들리지 않았다. 전화기 너머에 후타바가 있다는 것을 확인하고 싶어서 타스쿠는 억지로 목소리를 짜냈다.

"저기 있잖아, 전에도 말했는데 나 요즘 흰지팡이 연습 열심히 하고 있거든. 조금만 더 하면 혼자서 다닐 수도 있지 않을까 싶어. 그러니까…… 그러니까 말이야 내가 그쪽으로 갈게. 그래도 될까?"

타스쿠는 문자로 이미 말했던 내용을 다시 한번 말로 전했다. 말하고 싶은 것도, 이야기 나누고 싶은 것도 많았는데 목 안쪽이 막힌 것처럼 다른 말은 나오지 않았다.

"사실은 말이야, 나도 열심히 노력하고 있는 게 있어."

"진짜?"

후타바의 말에 타스쿠는 내심 놀랐다. 분명히 방 안에서 혼자 꼼짝도 하지 않고 고민에 빠져 있을 거라고만 생각했기 때문이다.

"지금 이야기해도 상관없긴 한데, 기왕이면 타스쿠가 우리 집에 오면 그때 이야기할래."

"뭐야 그게."

"후훗, 그때는 엄마랑 같이 역 앞으로 마중 갈게. 연락해. 약속이다."

후타바는 잘 자라는 인사를 하고는 미련 없이 전화를 끊었다.

타스쿠는 한동안 핸드폰을 귀에 대고 있었다. 그러다가 크게 한숨을 내쉬었다. 여러 가지 감정들이 가슴속에서 빙글빙글 소용돌이쳤다.

"후타바 녀석, 생각했던 것보다 쌩쌩하잖아. 그러면 전화 더 빨리 받을 수 있었던 것 아니야? 왜 문자에 답장은 안 한 거야?"

투덜거리면서도 타스쿠는 마음이 놓였다.

"다행이다."

타스쿠는 핸드폰을 가슴 앞으로 끌어안았다. 후타바의 목소리를 들을 수 있어서 기뻤다. 또 후타바의 목소리가 건강하게 들려서 안심했다. 그리고 뭘 노력하고 있는지 알려 주지는 않았지만, 역시 후타바는 대단한 녀석이라고 다시 한번 생각했다.

다음 날부터 후타바에게서 '좋은 아침!'이라거나 '잘자.' 하고 문자가 왔다. 물론 타스쿠도 이때다 싶어 바로 답장을 보냈다.

그 주 금요일은 평소보다도 더 의욕에 넘쳐서 흰지팡이 보행 수업에 갔다. 연말은 흰지팡이로 밖을 돌아다닐 만한 일이 없었다. 거기다 3학기가 되고는 갑작스레 수업이 바뀌는 경우가 많아서 좀처럼 흰지팡이 보행 수업을 할 기회가 없었다. 츠카다 선생님을 만난 것은 지하철 사고 안내 방송을 들은 그날 이후 오늘이 처음이었다.

흰지팡이를 손에 들고 늘 선생님과 만나던 장소에서 기다리고 있는데, 익숙한 선생님의 목소리가 차가운 바람과 함께 들려왔다.

"타스쿠, 안녕! 너무 얇게 입은 거 아니야? 안 추워?"

오늘은 긴팔 티셔츠 위에 외투를 입고 아래에는 좋아하는 면바지를 입었다.

"괜찮아요. 가능하면 장갑 정도는 끼고 싶기는 한데……."

장갑을 끼면 바닥에서 전해지는 진동을 느끼기 힘들어서 장갑은 잘 끼지 않았다.

"요즘은 얇고 성능이 좋은 장갑도 있더라. 나중에 부모님이랑 상의해 봐."

츠카다 선생님의 목소리가 평소답지 않게 딱딱한 느낌이 들었다. 어쩌면 그날 일로 아직 타스쿠를 걱정하고 있는지도 모르겠다. 타스쿠가 예상한 대로 선생님은 갑작스런 제안을 했다.

흰지팡이 보행 교육 과정에는 '도움 요청'이라는 것이 있다고 했다. 지하철 역무원에게 목적지까지의 가격이나 길을 물어보거나, 횡단보도에서 신호를 기다리고 있는 다른 사람에게 길을 물어보는 거다. 어렵지 않게 작은 성공 경험을 쌓을 수 있어 자신감이 생기고, 동시에 눈이 보이는 다른 사람들과의 신뢰 관계를 쌓기도 쉬워진다고 했다.

"지금까지 스스로 해 보라고 가르쳐 준 것과는 모순되는 부분이 있을지도 모르겠지만, 타스쿠와 친구들이 자립해서 생활하기 위해서는 눈이 보이는 다른 사람들의 도움이 반드시 필요하다고 생각해. 타스쿠도 필요에 따라서는 다른 사람에게 의지할 수 있으면 좋겠어. 원래는 고등부에 들어가서 하는 내용이기는 하지만, 눈이 보이는 사람들을 향한 거부감을 떨쳐 버리자는 의미에서 지금 해 둘 필요가 있겠다 싶더라고."

그 이야기를 듣고 타스쿠는 마음이 흔들렸다. 분명 언젠가는 혼자서 저 넓은 바깥 세계에 뛰어들어야만 할 거라고 생각하고 있었다. 그런데 꼭 그런 것만은 아닐지도 모른다. 선생님 이야기처럼, 다른 사람들을 의지할 수 있다면 넓은 세계에 혼자 떨어지는 것과는 분명 다를 거라는 생각이 들었다. 타스쿠는 잠시 망설인 뒤에 후타바와 통화했다고 말했다.

"그때 약속했어요. 꼭 만나러 가겠다고."

타스쿠 집 근처 역에서 가는 것보다는 학교에서 출발하는 편이 후타바 집까지 가는 동선이 편했다. 무엇보다 수업 중에 연습한 것을 살릴 수 있다는 점이 좋았다. 타스쿠는 2학년으로 올라가기 전에 후타바에게 가서 내년에는 학교에 나왔으면 좋겠다고 이야기하고 싶었다. 츠카다 선생님의 제안은 감사했지만 지금은 지하철을 타는 연습에 더 집중하고 싶었다.

타스쿠가 긴장하면서 대답을 기다리고 있는데,

"네 마음 잘 알겠어! 대신에 우는소리 하면 안 된다. 알겠지?"

츠카다 선생님은 팔꿈치를 내밀어 주었다. 50분뿐인 수업 시간을 유용하게 사용하기 위해서 오늘도 역까지는 선생님의 팔꿈치를 잡고 걸었다.

오늘의 목표는 자신의 힘으로 지하철을 타고 다음 역까지 간 다음에, 발권기에서 다시 돌아오는 표를 사는 데까지다. 우선 촉지도로 가야 하는 길을 확인하는 것부터 시작했다.

지난번에는 당황해서 발권기 앞에서 갑자기 뒤돌아서 실수할 뻔했다. 오늘은 미리 어떻게 할지 더 신경 써서 생각해 둔 덕분에 문제없이 해낼 수 있었다. 이번에는 뒤에서 줄을 서고 있을지도 모를 다른 사람을 생각해서 일단 옆으로 비켜선 뒤에 점자 블록으로 돌아오는 여유도 있었다. 그런데 자동 개찰구를 통과한 직후에 타스쿠는 길을 잃어버렸다. 아무리 흰지팡이로 찾아

봐도 플랫폼으로 이어지는 계단 앞에 설치되어 있어야 할 점자 블록을 찾을 수가 없었다. 대신에 타스쿠가 생각해 둔 길에는 있을 리가 없는 분기점이 있었다.

상황을 파악한 선생님이 다가와 상황을 설명해 주었다.

"조금 전에 경고 블록에서 엘리베이터로 이어지는 길을 선택한 모양이야. 앞에 있는 엘리베이터로 내려가는 방법도 있는데 어떻게 할래?"

다른 사람들에게는 엘리베이터가 편리하겠지만 타스쿠와 친구들에게는 조금 다르다. 문이 열리고 닫히는 엘리베이터는 더욱 주의해서 타고 내려야 했다. 그런 부분에서 에스컬레이터 쪽이 좀 더 이용하기 편리했다. 그런데 사람들은 시각 장애인에게 에스컬레이터가 더 위험하다고 생각하는지, 점자 블록은 주로 계단이나 엘리베이터로 연결되어 있었다. 점자 블록은 파출소로 연결되어 있지도 않고 건널목에도 없는 경우가 많았다. 있으면 좋겠다고 생각하는 장소에 항상 점자 블록이 있는 것은 아니다.

타스쿠는 선생님에게 부탁해서 개찰구에서 나오는 곳까지 되돌아왔다. 이번에는 터치 방식보다 많은 정보를 얻을 수 있는 슬라이드 방식으로 걸었다.

스-윽, 스-윽.

손으로 전해지는 진동에 집중했다. 아무리 작은 소리도 놓치지 않도록 귀를 기울였다.

"좋아!"

이번에는 무사히 플랫폼으로 이어지는 계단에 도착했다. 흰지 팡이를 앞으로 늘어뜨리듯이 잡고 계단에서 발이 벗어나지 않도록 신중하게 내려갔다. 손잡이에서 점자 표기를 확인하자 지금 걷고 있는 쪽이 하행선 방향이라는 것을 알 수 있었다.

미리 선생님과 상의해서 오늘은 하행선 플랫폼 6호차 1번 문에서 타기로 했다. 근처에 있는 플랫폼 문을 확인했는데 3호차 2번 문이라는 점자 표기가 있었다. 확인을 위해 바로 옆 칸의 점자 표기도 확인했다. 이쪽은 3호차 3번 문이다.

타스쿠가 연습하고 있는 지하철의 경우 플랫폼 문 아래에 경고 블록이 설치되어 있었다. 타스쿠는 운동화 바닥으로 경고 블록을 확인하면서 머릿속으로는 숫자를 더하고 있었다. 3호차 4번 문, 4호차 1번 문, 4호차 2번 문, 4호차 3번 문.

빠른 발걸음으로 타스쿠를 앞질러 가는 구두의 날카로운 소리, 뒤로 멀어져 가는 사람들 소리, 한곳에 모여서 수다를 떨고 있는 사람들의 목소리, 휴대폰 벨소리, 플랫폼의 안내 방송, 옷이나 화장품 냄새.

한동안 걸어간 뒤에 플랫폼 문을 확인하니 6호차 1번 문이라는 점자 표기가 있었다. 타스쿠는 근처에 있을 선생님을 향해서 말했다.

"여기서 기다릴게요."

바로 등 뒤에서 좌우 어느 쪽이든 한쪽으로 붙어 서 있으라는 선생님의 목소리가 들렸다.

타스쿠는 플랫폼 문의 왼편에 서서 지하철을 기다렸다.

"플랫폼 문이 열렸다고 바로 지하철을 타지 말고, 반드시 흰지팡이를 쥐고 있지 않은 손으로 차체를 만져서 실물을 확인해. 내리는 사람들의 기척이 사라지면 그때 흰지팡이로 지하철과 플랫폼이 얼마나 떨어져 있는지 확인하는 거야."

선생님은 막상 지하철 안에 타면 그 작은 공간이 소리로 가득 차게 될 거라고 미리 알려 주었다. 게다가 지하철 안은 항상 흔들리고 있기 때문에 방심하면 자신이 가고 있던 방향조차 잃어버릴 가능성도 있다고 했다. 익숙해지기 전까지는 자리에 앉지 말고 출입문 근처에 서 있는 것이 제일 좋다고 조언해 주었다.

그러고 있는 사이에 하행선 지하철의 도착을 알리는 안내 방송이 흘러나왔다. 금세 지하철이 도착했는지 큰 소리와 함께 후끈한 바람이 불어왔다. 문이 열리자 사람들이 우르르 나왔다. 사람들의 기척이 조금 잦아들자, 타스쿠는 선생님의 말대로 왼손으로 차체를 만지면서 흰지팡이로 차 내부를 확인했다. 그리고 조심히 지하철에 올라탔다.

소리를 내면서 문이 닫히고 지하철이 천천히 움직이기 시작했다. 제법 많은 사람이 함께 타고 있다는 것이 기척과 냄새, 낮고 분명하지 않은 대화 소리 그리고 습하고 높은 실내 온도로 전해졌다. 누군가 콜록하고 헛기침을 했다. 팔랑하고 종이를 넘기는 소리도 들렸다. 갑자기 급브레이크가 걸렸고 타스쿠의 몸은 그대로 지하철이 가던 방향으로 확 쏠려 버렸다. 그 반동으로 반대편으로 넘어질 뻔한 것을 누군가 넘어지지 않게 잡아 주었다. 아마 츠카다 선생님일 것이다. 다음부터는 혼자서 어떻게든 해 봐야지 하고 생각했다.

타스쿠는 흰지팡이를 바닥에 붙이고 다리에 힘을 주고 버텼다. 다른 한 손으로 지하철 손잡이를 찾았다. 그러는 사이 곧 다음 역에 도착한다는 안내 방송이 흘러나왔다. 또 한 번 지하철이 멈추며 몸이 비스듬히 쏠리는 것을 타스쿠는 필사적으로 다리에 힘을 주고 버텼다.

"내릴 사람들이 많을 것 같으니까 일단 사람들이 먼저 지나간 뒤에 마지막에 내리자."

선생님의 귓속말을 들은 타스쿠는 내리는 사람들의 발소리에 귀를 기울였다. 차갑고 먼지 냄새 가득한 지하철 안에 몸을 붙이듯이 서서, 선로로 떨어지지 않도록 조심하면서 흰지팡이로 발을 디딜 부분을 확인한 뒤에 신중하게 플랫폼으로 내렸다. 두 발을 플랫폼에 내려놓는 순간 저절로 휴, 하고 한숨이 새어 나왔다.

'도착했어!'

이미 몸도 마음도 머리까지 완전히 지쳐 있었다. 가능한 빨리 학교로 돌아가고 싶었다. 반대편 플랫폼에서 학교로 돌아가는 지하철에 올라타면 정말 마음이 편할 것 같았다.

"사람들 기척이 사라진 것을 확인한 뒤에 걷기 시작하자."

츠카다 선생님의 냉철한 목소리가 타스쿠를 현실로 되돌아오게 해 주었다. 학교 근처 역과는 비교도 되지 않을 정도로 사람이 많은 것 같았다. 겨우 점자 블록을 찾아내기는 했지만 앞에서도 뒤에서도 계속해서 사람들이 몰려왔다. 잦아들 생각이 없어 보이는 사람들의 기척에 좀처럼 발을 내디딜 수가 없었다.

타스쿠가 주저하고 있는 사이에 뒤에서부터 나타난 사람들 무리에 휩쓸려 버린 모양이다. 수많은 발소리에 둘러싸인 채로 휩쓸려서 사람들이 가는 대로 비틀비틀 걸어갔다. 그런데 어떻게 된 일인지, 개찰구가 있는 층으로 이어지는 계단 앞에 도착해 있었다.

운이 좋았다는 생각에, 흰지팡이를 앞으로 늘어뜨리듯이 쥐고 첫 번째 계단에 발을 올렸다. 그때였다.

"지금 휩쓸려서 여기까지 와 버렸지? 다시 한번 지하철에서 내린 곳으로 돌아가서 해 보자."

모든 상황을 지켜보고 있던 모양인지 선생님이 어림도 없다는 듯 말했다.

"……."

타스쿠는 도저히 발이 떨어지지 않았다.

정말 지쳤다. 1초라도 빨리 진나이 아저씨가 계시는 교문을 지나 자기 방으로 돌아가고 싶었다. 그렇지만 타스쿠는 한숨을 삼키고 선생님의 팔꿈치를 잡았다. 히카루의 목소리로, 쿠리타의 목소리로, 사쿠라이의 목소리로, 마이바라의 목소리로, 야구치의 목소리로 "타스쿠 파이팅!" 하는 소리를 들은 것 같았다. 물론 후타바의 "약속이야." 하던 목소리도.

타스쿠는 다시 한번 각오를 다지고 터치 슬라이드 방식으로 걷기 시작했다.

탓 스-윽, 탓 스-윽.

플랫폼에 있는 기둥, 안내판, 일부가 튀어나와 있는 벽 등 지표가 될 만한 것을 가능한 많이 기억해 둬서 다음번에 왔을 때 활용할 수 있도록 했다. 길고 긴 계단을 올라서 개찰기에 표를 넣자 츠카다 선생님의 밝은 목소리가 날아왔다.

"정말 잘했어! 이렇게 붐비는 역에서 정말 대단한 일을 해낸 거야!"

그제서야 타스쿠도 어깨에 들어갔던 힘이 빠졌다. 순식간에 몸이 가벼워지는 느낌이었다. 이대로 하늘 끝까지 날아갈 수도 있을 정도로 몸도 마음도 가벼웠다.

"중간에 그만두고 싶었던 순간도 있었지? 오늘은 더 무리하지 말고 여기서부터는 내 팔꿈치를 잡고 돌아가는 걸로 할까? 돌아가는 길에 서로 반성할 부분을 이야기해 보는 것도 좋을 거 같은데, 어떻게 할래?"

츠카다 선생님이 내밀어 주신 오른쪽 팔꿈치가 타스쿠의 옆구리에 상냥하게 닿았다. 자기도 모르게 손을 내밀어 붙잡을 뻔했다. 하지만 타스쿠는 손을 다시 뒤로 했다.

"돌아가는 표 사는 부분까지는 노력해 보고 싶어요."

타스쿠는 허리를 쭉 펴고 흰지팡이의 손잡이를 고쳐 잡았다.

시각 장애인 마라톤 대회

오랜만에 타스쿠와 통화한 뒤로 후타바는 다시 열심히 노력할 힘을 얻었다. 그 힘으로 시각 장애인 마라톤 대회에 신청했다. 5km, 10km, 20km 중에서 선택할 수 있어서 초보자라도 쉽게 참가할 수 있다고 이전부터 사토우 아저씨가 추천한 대회였다.

대회 당일, 운동장에서 엄마와 스트레칭을 하고 있는데 안내 방송이 나왔다.

"이제 곧 시작합니다. 시각 장애인 참가자 분들과 가이드 분들은 지정된 위치로 이동해 주시기 바랍니다."

엄마가 물었다.

"준비됐지?"

"응!"

대답은 했지만 역시 떨렸다.

"잠깐만 기다려 줘."

후타바는 서둘러 운동화 끈이 단단히 묶여 있는지 다시 확인했다. 확인하기 위해 쪼그려 앉았을 때 두근두근 심장이 뛰는 게 허벅지를 통해서 전해졌다.

후타바와 엄마는 5km 경기에 참여하기로 했다. 한 바퀴에 400m라는 트랙을 한 번 돌고 경기장 밖으로 나가서 가까이 있는 공원 외곽을 2km 달린 뒤 반환점을 돌아 다시 경기장으로 돌아와서 마지막으로 트랙을 한 바퀴 더 돌면 골인이다. 이 정도라면 지금까지 몇 번이고 완주한 적이 있었다. 오늘을 위해서 연습도 많이 했다.

할 수 있다고 생각은 했지만 탕, 하고 출발을 알리는 총소리가 울려 퍼지고 한꺼번에 달려 나가는 사람들의 발소리가 불규칙한 드럼 소리처럼 들려오자, 후타바는 평소와는 무언가 다르다는 것을 알았다. 팔을 흔드는 폭도, 발을 앞으로 뻗는 타이밍도, 호흡도, 엄마랑 하나도 맞지 않았다. 옆에서 달리고 있는 것은 분명히 엄마일 텐데 마치 다른 사람과 달리는 것 같았다. 어쩌면 엄마도 그렇게 느낄지도 모르겠다고 생각했다. 두 사람 사이에서 고리가 엉망진창으로 흔들렸다. 서로 몸도 계속 부딪히고 그때마다 속도도 떨어졌다.

당황하는 사이에 평소였다면 기분 좋게 달렸을 처음 2km가 끝나 버렸다.

"이제 조금 있으면 반환점이야. 조금씩 왼쪽으로 돌아서 거의 360도 회전이야."

엄마의 말에, 후타바는 자신보다 바깥쪽을 달리고 있는 엄마와 속도를 맞추기 위해 보폭을 조정했다. 아직 반 정도 남았는데도 이미 발은 납덩이처럼 무거웠다. 이렇게 크게 어깨가 들썩일 만큼 숨을 헐떡인 것은 공원에서 처음으로 달렸을 때 이후 처음이었다. 그래도 후타바는 계속해서 필사적으로 팔다리를 앞으로 움직였다.

"후타바, 바로 앞에 물웅덩이."

엄마가 고리를 당겨서 방향을 조정해 주었다.

"지금부터 바닥 상태가 나빠져. 여섯 걸음이면 끝나."

후타바는 마음속으로 하나둘 걸음 수를 헤아리면서 울퉁불퉁한 길을 신중하게 달렸다. 발을 내디딜 때마다 바닥에서 전해지는 진동이 머리를 뚫고 나갔다. 숨을 들이마시고 뱉는 소리와 심장의 고동이 더욱 크게 귀를 울렸다. 그래서인지 잠시라도 멍하게 있다 보면 엄마의 지시를 놓치게 되었다. 긴장한 탓인지 평소보다 머리가 힘없이 흔들렸다. 후타바는 몇 번이고 머리를 바로 하면서 달렸다.

익숙한 목소리가 귀에 들어온 것은 이제 곧 트랙으로 돌아가려고 할 때였다.

"후타바, 파이팅!"

"마지막이야!"

"가자! 가자!"

사토우 씨와 와타나베 씨 그리고 이게타 아저씨 목소리가 들렸다. 방금 전까지는 골인 지점이 끝도 없는 길처럼 느껴졌을 정도로 후타바는 다리와 마음이 무거웠다. '더는 못할 것 같아. 포기해 버릴까.' 하는 힘 빠지는 생각만 머릿속에서 맴돌고 있었다. 엄마가 기권하자고 물어봤다면, 망설임 없이 그러자고 대답했을 것이다. 그런데 모두의 응원을 듣는 순간 지금까지의 날들이 머릿속에 떠올랐다. 두려워 밖에도 나가지 못하게 되었던 일과 그런 후타바의 마음을 열어 준 모임 사람들, 엄마와 둘이서 시작한 달리기 그리고 타스쿠와의 약속까지. 몇 달간의 일들이 한꺼번에 떠오르자 다시 한번 후타바의 마음이 반짝였다. 몸속 저 아래에서부터 힘이 샘솟는 것 같았다.

'꼭 끝까지 달릴 거야!'

흐린 하늘 사이로 햇살이 새어 나오는 모양인지, 어렴풋이 빛을 느끼기도 전에 볼 언저리가 따듯해지는 게 느껴졌다. 후타바는 무대 위에서 눈부시게 스포트라이트를 받으며 신나게 노래하는 아이돌을 상상하며 온 힘을 다해 달렸다.

지금 후타바 주위에는 여러 사람이 달리고 있고 트랙 주위에는 응원하는 사람들도 있다. 이 빛은 분명 여기 있는 모두에게 닿고 있을 게 틀림없다. 왜냐면 여기는 모두의 세계이니까. 여기는 후타바와 친구들의 세계이기도 한 것이다. 새삼스레 그런 생각을 하고 있는데, 귓가에 엄마의 잠긴 듯한 목소리가 들렸다.

"100m 앞에 골인 지점이야."

숨이 턱까지 찬 목소리였다. 망설임 없이 후타바가 속도를 올리자 그 마음이 곧바로 고리를 통해서 엄마에게 전해진 모양이다. 두 사람의 움직임이 처음으로 완전히 똑같아졌다.

"하나둘 하면 골인이야."

"응."

"하나, 둘!"

연습 때보다도 못한 최악의 기록으로 골인했지만 후타바는 기뻐서 눈물을 뚝뚝 흘렸다.

"진짜 완주 못할 줄 알았어."

자기도 모르게 중얼거리자 엄마가 놀란 목소리로 되물었다.

"후타바도?"

"엄마도 그랬어?"

"너무 힘들어서 몇 번을 그만두려고 했는지 몰라. 후타바가 기권하고 싶다고 하면 언제든지 그만둘 생각이었다니까."

아무래도 고리를 통해서 마음도 연결되었던 모양이다.

후타바는 대회 참가 기념이라는 타월을 받아 어깨에 두르고 엄마와 함께 응원하러 온 모임 사람들을 찾았다.

"사람들이 너무 많아서 그런가? 순식간에 주변 사람들한테 휘말려 버렸어."

후타바는 출발 지점에서부터 실수한 것을 떠올렸다.

"처음부터 제대로 실력이 안 나오더라. 우리 둘이 균형도 찾지 못한 채로 억지로 겨우 달린 느낌이야."

엄마는 재미있다는 듯이 웃었다.

사람이 많은 모양인지 경기장 안이 시끌시끌했다. 한겨울인데도 완주한 사람들의 열기와 흥분으로 추위는 거의 느껴지지 않았다. 때때로 후타바의 팔이나 어깨에 다른 사람들의 몸이 부딪혔다. 문득 이 중에 절반은 눈이 보이는 사람들이라는 생각이 들었다. 몇 달 전의 자신이었다면 그것만으로도 두려움에 몸이 움츠러들었을 것이다. 그렇지만 지금은 더 이상 공포나 기분 나쁜 감정은 느껴지지 않았다. 누군가 보고 있을지도 모른다고 생각해도 아무렇지 않았다.

후타바는 밝은 목소리로 말했다.

"나 이제 학교에 갈 수 있을 것 같아."

지난 일 년을 되돌아보면 여러 감정들이 떠올랐다. 그 사건 뒤 완전히 자신감을 잃어버려 그때까지는 하나라고 생각했던 세계가 둘로 갈라져서 어떻게 하면 좋을지 모르게 되었던 마음, 낯선 사람들을 믿을 수 없어서 두려웠던 시간까지. 그렇지만 그런 것들도 이제는 끝이다. 이 세계에 선 같은 건 그어져 있지 않다. 여기는 모두의 세계, 우리들의 세계다.

언젠가 다시 자신과는 정반대의 생각을 가진 사람을 만나게 되더라도, 더 이상 낑낑거리며 고민하지 않을 자신이 있었다. 그것이야말로 지난 일 년의 시간을 들여 후타바가 손에 넣은 것이었다.

후타바가 하늘을 올려다보듯이 고개를 들어 스포츠 아나운서 말투를 흉내내며 말했다.

"후타바 선수, 드디어 골인입니다!"

엄마의 따뜻한 손이 다정하게 후타바의 머리를 안아 주었다.

"완주 축하해!"

다음 날 엄마가 마츠키 선생님에게 전화를 걸었다. 후타바는 봄이 되면 한 살 어린 친구들과 함께 1학년 학생으로 중학교 생활을 시작하기로 했다. 오리엔테이션 뒤에는 엄마와 떨어져서 기숙사에서 생활해야 했다.

"정말로 괜찮겠어? 무리하는 거 아니고?"

마츠키 선생님과 통화를 끝낸 엄마가 평소답지 않게 걱정스러운 목소리로 물었다.

"괜찮아."

후타바는 밖으로 나가 보자고, 이 세계를 살아가 보자고 생각했다. 스스로 고민해서 결정한 진짜 마음이었다.

봄 그리고,

올해는 다른 해에 비해 제법 빨리 벚꽃이 피었다고 했다. 타스쿠와 친구들은 자율 학습 시간에 운동장으로 나와서 1학기에 관찰한 식물의 잎이나 줄기, 나뭇가지, 꽃들이 각각 어떻게 변했는지 살폈다. 북쪽 화단에 심긴 튤립은 뾰족하게 튀어나온 새싹이 아주 조금 얼굴을 내밀고 있었다. 정원의 계수나무는 하트 모양을 한 작은 잎이 빽빽하게 들어차 있었다. 부드러운 감촉이 어린잎 같았다. 이 잎은 카라멜 같은 달콤한 냄새가 나기 때문에 모두 좋아했다. 기왕 나온 거니까 촉촉한 흙과 떨어져 있는 잎도 충분히 만지며 즐겼다.

일 년 전과는 완전히 달라진 식물들을 만지며 타스쿠는 분명 계절이 바뀌고 있음을 느꼈다.

마츠키 선생님은 운동장의 벚나무도 제법 꽃봉오리가 부풀어 올라 내일이나 모레에는 필 것 같다고 했다.

"활짝 피면 다 같이 소풍 갈까?"

선생님의 말에 히카루가 외쳤다.

"와! 당연히 그날은 수업 안 하는 거죠?"

꽃보다는 먹는 거에 관심이 있는 사쿠라이가 말했다.

"기왕이면 과자도 들고 가도 되죠? 초코 쿠키 먹고 싶다."

쿠리타가 불쑥 말했다.

"그 과자 사쿠라이한테서 좀 뺏어 먹어도 될까요?"

마이바라는 언제나처럼 모범생 말투로 재미없는 설명을 했다.

"벚꽃은 2월 1일부터 평균 기온의 합이 400도를 넘으면 핀대."

"나 벚꽃 아래에서 노래방 기계로 노래 부르고 싶어! 마이크에 울림 기능 있잖아, 그거 우리 학교 졸업생이 개발했다는 소문이 있더라. 알고 있었어?"

야구치는 노래방 기계로 놀고 싶은 이유로 그런 것을 억지로 꿰맞췄다.

"진짜?"

히카루가 넘어간 것 같다.

"진짜. 그리고 학교 앞 편의점에 있는 ATM 기계도 그렇대. 음성 안내가 다른 곳이랑은 좀 다르잖아."

"그렇구나. 그래서 그런지 쓰기 편하더라!"

"네? 부탁해요. 선생님!"

야구치는 마지막으로 자신의 특기인 애교스러운 목소리로 호소했다.

졸업생의 활약을 들으면 뿌듯한 기분이 들었다. 마음에 신선한 바람이 불어와서 침울하고 불안한 감정들을 순식간에 날려 버렸다. 우리 앞의 미래가 빛과 희망으로 가득 찬 것 같은 느낌마저 들었다. 타스쿠는 맑고 청명하게 개었을 하늘을 향해 얼굴을 들고 미래의 자신을 상상해 봤다. 그때 어디선가 새소리가 들렸다.

"휘파람새다!"

"엇!"

"어디?"

"중앙 정원 저 안쪽."

타스쿠가 제일 먼저 발견했다.

그리고 오늘, 타스쿠는 어제 친구들과 함께 산책한 학교 운동장을 지나서 교문을 나섰다.

"어이쿠, 타스쿠 아니냐. 토요일인데 혼자서 나가고 웬일이야?"

진나이 아저씨다. 어디 가는지 이야기할까 생각했지만, 잘 갔
다와서 전부 이야기하고 싶어 말을 아꼈다.

"잠깐 좀 나갔다 오려고요."

타스쿠는 적당히 얼버무리면서도 언젠가 이렇게 가벼운 느낌
으로 지하철을 타고 여기저기 다닐 수 있게 된다면 얼마나 좋을
까 생각했다.

교문을 막 나왔을 때, 웬 여자아이가 "엄마 잠깐만." 하고 큰
소리로 외치면서 타스쿠 옆을 보조 바퀴가 달린 자전거를 타고
지나갔다. 머리 위에서는 널어놓은 이불의 먼지를 터는지 팡팡,
두드리는 소리가 쏟아졌다. 옆으로 지나쳐 가는 사람의 이어폰
에서는 챵챵, 하고 전자 음악이 새어 나왔다.

바람이 불고 모래가 날렸다. 나무와 풀들이 사락사락 마른 소
리를 냈다. 이름 모를 꽃의 달콤한 향기가 잠깐 강하게 일어난다
고 생각한 순간, 웬 비닐봉지가 바람에 날려 타스쿠의 흰지팡이
에 들러붙었다.

탁, 탁.

타스쿠는 당황하지 않고 침착하게 흰지팡이를 흔들어서 떨어
뜨렸다. 머릿속에 그려 놓은 길을 떠올리며 한 모퉁이도 신중하
게 더듬어 가듯이 걸어갔다. 아무리 별거 아닌 정보라도 놓치지
않도록 귀를 기울이고 냄새를 맡고 흰지팡이와 발바닥으로 확인

했다. 신호등의 빨간 신호에 멈춰 섰을 때 자기도 모르게 한숨이 새어 나왔다. 하늘을 향해 얼굴을 들자 흘러넘칠 것 같은 빛이 느껴졌다. 날씨가 꽤나 좋은 모양이다.

바로 눈앞의 큰 도로를 우이이잉, 소리를 내면서 달려가는 차가 있다. 그 뒤를 드드드드, 하며 오토바이가 쫓아가고 멀리서 빠앙, 하고 대형차의 경적이 괴수의 울부짖음같이 울려 퍼졌다.

타스쿠는 지금까지 츠카다 선생님에게 배운 것을 하나하나 떠올리며 횡단보도를 건너서 지하철역 입구로 향했다. 길고 긴 계단을 내려가서 발권기로 미리 조사해 둔 요금을 선택해서 목적지까지 갈 표를 샀다. 아직은 자신 없는 자동 개표기를 허둥지둥 통과하자 마음이 놓여 저절로 한숨이 새어 나왔다. 다시 한번 마음을 새롭게 하고 흰지팡이를 고쳐 잡았다.

잠시 뒤에 도착한 지하철에 올라타자 타스쿠는 해냈다는 흥분으로 살짝 정신이 없었다. 다섯 개 역을 지난 뒤 일단 지하철에서 내려, 거기에서 바로 옆 플랫폼으로 갈아탈 계획이었다. 그런데 흰지팡이를 쥐고 슬라이드 방식으로 아무리 찾아봐도 옆 플랫폼으로 이어지는 점자 블록을 좀처럼 찾을 수가 없었다. 바로 몇 미터 앞에 플랫폼 문이 있다는 걸 알면서도 만에 하나를 생각하면 짐작만으로 앞으로 갈 용기가 나지 않았다.

'말도 안 돼. 이런 데서 멈춰야 하는 거야?'

긴장과 초조함이 차올랐다. 불쑥 패배감이 고개를 들었다. 익숙한 검고 무거운 무언가가 타스쿠의 몸도 마음도 칭칭 동여매려고 했다.

'진정해. 진정하자.'

타스쿠는 긴장을 누그러뜨리며 주변에 귀를 기울였다. 흰지팡이로 전해지는 정보에 집중했다. 운동화 바닥으로 몇 번이고 바닥을 살폈다. 하지만 역시 찾을 수 없었다.

'어째서 찾을 수가 없는 거지? 내 힘으로는 여기까지가 한계라는 건가?'

그런 건 싫었다. 츠카다 선생님과 연습도 열심히 했고 지금부터 만나러 간다고 후타바에게 연락도 이미 해 두었다.

초조함으로 어쩔 줄 모를 때, 필요에 따라서는 다른 사람들에게 제대로 도움을 청했으면 좋겠다고 했던 츠카다 선생님의 조언이 떠올랐다.

타스쿠는 스읍, 하고 숨을 들이마셨다. 그리고 용기를 짜내서 목소리를 냈다.

"저, 누구…… 누가 옆에 계실까요?"

"무슨 일이야?"

낯선 여학생의 목소리가 들려왔다. 타스쿠는 목소리가 들리는 쪽으로 고개를 돌리고 하행선 방향의 지하철로 갈아타고 싶다고 말했다. 조심스러운 발소리가 가까이 다가왔다. 등 뒤에 손이 올라오는 느낌이 든 순간, 그 손이 타스쿠의 몸을 앞으로 살짝 밀었다.

"등을 밀지 말고 내 손을 잡아 줄래?"

"아, 미안. 이렇게 하면 될까? 이런 건 처음 해 봐서 잘 몰라."

타스쿠와 키가 비슷할 것 같은 그 애는 어색한 동작으로 손을 당겨서 타스쿠를 옆 플랫폼까지 안내해 주었다.

"고마워. 이제 탈 수 있겠다."

그러는 사이에 지하철이 들어왔다. 굉음과 함께 뜨뜻미지근한 바람이 불어와서 타스쿠의 머리카락을 엉망진창으로 만들었다. 타스쿠는 여자애가 있을 거라고 생각되는 방향을 향해서 손을 들려고 했는데, 여자애가 먼저 말했다.

"혼자서 지하철도 타고 대단하다!"

타스쿠는 뿌듯하고 스스로가 자랑스러웠다. 다시 흰지팡이를 고쳐 잡고 얼굴을 앞으로 향하도록 똑바로 들었다. 그리고 안내음과 함께 문이 열렸을 때 차체를 손으로 확인하고 천천히 지하철에 올라탔다.

화창한 봄 햇살이 쏟아지면서 거실 창가에 놓아둔 플라스틱 화분에 튤립 새싹이 올라왔다. 할아버지 화단에서 조금 얻어온 구근을 키워 벌써 3년이나 된 튤립이다. 새싹이 너무 작아서 처음에는 자갈과 구분이 되지 않을 정도였지만 하루 또 하루 성장하는 사이에 확실히 구분이 될 정도로 자랐다. 한쪽 잎이 또 다른 한쪽을 보호하는 것처럼 감싸고 있는 모양이 귀여웠다. 토끼 귀 같은 잎을 손가락으로 쓰다듬고 있으니, 할아버지 목소리가 바로 옆에서 들리는 것만 같았다.

"식물의 성장은 굉장해. 식물은 말이야, 씩씩해!"

할아버지는 식물의 그런 씩씩한 생명력을 담아서 후타바*라는 이름을 지어 주었다.

후타바는 떡잎이라는 뜻이 있다.

오늘 아침, 튤립에 물을 주고 있는데 타스쿠에게서 지금 출발 한다는 전화가 왔다.

'어떤 옷을 입고 만나러 갈까? 마중 나가서는 뭐라고 하지? 어디서부터 이야기해야 하지?'

일 년 전 모르는 사람과 부딪힌 그 역 앞에서 타스쿠와 만나기로 했다. 엄마도 생각이 많은 듯 말했다.

"딱 일 년만이네. 타스쿠 혼자서 올 수 있대?"

"응, 그러려고 흰지팡이 연습 열심히 했대."

타스쿠는 약속을 지켰다.

"남자애들은 일 년 사이에 엄청나게 큰다더라. 타스쿠가 완전 어른만큼 자라서 못 알아볼 정도로 꽃미남이 되어 있으면 어떻게 할 거야?"

엄마가 할아버지 같은 소리를 했다.

"정말 꽃미남이 되었건 아니건, 어떻게 변했는지 엄마가 나중에 설명해 줬으면 좋겠어."

"그런 거라면 엄마한테 맡겨."

후타바는 제일 좋아하는 원피스로 갈아입고, 작년 봄에 사 두고 거의 신을 기회가 없었던 벚꽃색 운동화를 신고 늘 가지고 다니는 흰지팡이를 손에 들었다. 이상하리만치 두근거렸다.

그런 후타바를 보며 엄마가 물었다.

"이제 나가도 될까?"

"네, 가요!"

힘차게 현관문을 열자, 순식간에 달콤한 봄기운이 후타바를 둘러쌌다.

작가의 말

이 글을 읽고 있는 당신은 아마 눈이 보일 거예요. 그러면 눈이 안 보이는 사람들은 학교에서 어떻게 지내고 있을까요? 어떤 나날을 보내고 있을지 생각해 본 적 있나요? 눈이 보이는 당신과 눈이 보이지 않는 사람들은 전혀 다른 존재라고 생각할지도 모르겠어요. 그런데 서로 닮은 부분은 없을까요? 조금은 비슷하거나 어쩌면 여러분과 똑같을지도 모르지요.

그 답을 찾기 위해서라도 여러분이 이 책을 읽었으면 좋겠어요. 그리고 읽은 뒤에는 조금이라도 좋으니, 눈이 보이지 않는 사람들에게 힘이 되었으면 좋겠습니다.

이 글을 쓰는 데 도움을 주신 분들을 여기 기록해 두고 싶어요. 국립장애인 리허빌리테이션센터 자립지원국, 무사시노 미술대학 조형학부 디자인정보학과, 요요기 공원 '함께 걷고 함께 달리는 모임' 시모야마 타카히로 씨, 요시카와 아즈미 씨, 사사키 사치야 씨 외의 여러분 감사합니다.

그리고 동화 낭독 활동을 계속하고 계시는 카와시마 아키에 씨에게 귀중한 경험담을 들었습니다. 이외에도 도움을 주신 많은 분께 이 자리를 빌려 감사한 마음을 전합니다. 정말 감사합니다.

흰지팡이 지도법과 교육 과정은 훈련사나 학교에 따라서 다소 다를 수 있다는 점과 글 중에 어떠한 결점도 작가의 책임이라 말하고 싶습니다.

글 가시자키 아카네

2006년 고단샤 아동문학 신인상 가작을 수상하며 작품 활동을 시작했습니다.
데뷔작 《ボクシング・デイ복싱 데이》로 제18회 무쿠하토쥬 아동문학상을 수상했고,
《満月のさじかげん만월의 사지카겐》으로 일본 아동 문학자협회 신인상을
수상했습니다. 그 외에도 어린이와 청소년을 위한 책을 꾸준히 써 오고 있습니다.

그림 사카이 사네

간결하고 아름다운 그림으로 《손으로 보는 나의 세계》 외에도
다양한 작품의 일러스트를 작업했습니다.

옮김 인자

도쿄커뮤니케이션아트학교를 졸업하고, 십여 년 동안 일본 애니메이션 번역 작업을
해 왔습니다. 요즘은 일본 어린이책 번역을 공부하고 있습니다.
번역한 책으로는 《친절한 유령》이 있습니다.

손으로 보는 나의 세계

초판 1쇄 발행 2024년 7월 5일

글 가시자키 아카네 ｜ **표지 일러스트** 사카이 사네 ｜ **옮김** 인자
편집 하선영 ｜ **제작 영업** 박희준 ｜ **디자인** 꽃 디자인
펴낸곳 작은코도마뱀 ｜ **펴낸이** 하선영 ｜ **출판등록** 제2023-000020호
주소 경기도 파주시 회동길 480 B동 541호
전화 031-942-1908 ｜ **팩스** 031-946-1908 ｜ **전자우편** lizardbook@naver.com
ISBN 979-11-93534-10-6 43830